# FRANCISCO DORNELLES
## O PODER SEM POMPA

# FRANCISCO DORNELLES
## O PODER SEM POMPA

Em depoimento a Cecília Costa

2ª edição

GrupoFSB

*Copyright* © Francisco Dornelles
Cecília Costa Junqueira, 2022

EDITOR
José Mario Pereira

EDITORA ASSISTENTE
Christine Ajuz

REVISÃO
Olívia Yumi Duarte
Cárita Ferrari Negromonte
Márcio Medrado

PRODUÇÃO
Mariângela Felix

CAPA
Miriam Lerner | Equatorium Design

DIAGRAMAÇÃO
Arte das Letras

CIP-BRASIL CATALOGAÇÃO NA FONTE.
SINDICATO NACIONAL DOS EDITORES DE LIVROS, RJ.

Junqueira, Cecília Costa

Francisco Dornelles: o poder sem pompa / Cecília Costa Junqueira. – 1ª ed. – Rio de Janeiro: Topbooks Editora: Grupo FSB, 2022.

Bibliografia.
ISBN: 978-65-5897-018-7

1. Dornelles, Francisco 2. Experiência de vida 3. Homens – Biografia 4. Políticos – Brasil – Biografia 5. Relatos pessoais I. Título.

22-120763 CDD-320.092

TODOS OS DIREITOS RESERVADOS POR
Topbooks Editora e Distribuidora de Livros Ltda.
Rua Visconde de Inhaúma, 58 / gr. 203 – Centro
Rio de Janeiro – CEP: 20091-007
Tels: (21) 2233-8718 e 2283-1039
topbooks@topbooks.com.br

# SUMÁRIO

Apresentação – *Francisco Soares Brandão* ............................. 9
Introdução – *Merval Pereira* ................................................ 11
Por um Brasil moderno e competitivo – *Cecília Costa* .......... 15
Paciência, humildade, firmeza ................................................ 19
A garrafada ............................................................................ 23
Ligações poderosas ................................................................ 27
A formação ............................................................................ 32
De volta ao poder .................................................................. 38
O suicídio de Getúlio ............................................................ 43
Café e Lott ............................................................................. 51
Nunca aos sábados ................................................................. 59
Longe de ministros e renúncia de Jânio ................................. 64
No poder, mas sem cartões .................................................... 70
Na Universidade de Nancy .................................................... 76
Encontro com Che Guevara .................................................. 82
Na Universidade de Harvard ................................................. 87
FGV, ALALC e ONU ........................................................... 92
La Paz e a Polícia Militar ....................................................... 98

O casamento ............................................................................... 104
Delfim e o senhor Ornelas ....................................................... 108
Los Angeles, procurador-geral e Geisel ................................. 117
O Leão da Receita .................................................................... 126
Tancredo candidato a governador ......................................... 144
Campanha para a Presidência ................................................ 152
Idos de março de 1985 ............................................................ 172
Ministro da Fazenda ................................................................ 180
Campanha de 1986 .................................................................. 189
Deputado constituinte ............................................................. 196
Mandato na Câmara de Deputados ....................................... 203
Com FHC, na Indústria e no Comércio ............................... 209
No Trabalho, o grande acordo ............................................... 221
Legislatura de 2003 a 2006 ..................................................... 229
Mandato no senado ................................................................. 235
Governança de um estado falido ........................................... 244
Um homem de coragem ......................................................... 253
Condecorações ......................................................................... 258
Trabalhos e artigos publicados ............................................... 261
Observações finais ................................................................... 265
Referências ................................................................................ 267

# APRESENTAÇÃO

*Francisco Soares Brandão*

Conheci Francisco Dornelles há cerca de 10 anos. Fomos apresentados por um amigo em comum, o advogado Renato de Moraes – que o chamava de Chico Oswaldo –, e acabamos descobrindo muitas afinidades e construindo uma boa amizade. Como temos o mesmo nome, passamos a nos tratar simplesmente por "xará".

Aos poucos pude conhecê-lo melhor, e ele me contou muitas dessas histórias que estão retratadas aqui. Em diversas ocasiões tentei convencê-lo a publicar um livro narrando suas experiências, mas Dornelles, como bom mineiro, é tímido e não gosta de chamar atenção; então demorou bastante até que aceitasse a ideia de publicar uma biografia.

Sua trajetória de vida está ligada desde cedo à política pelos laços familiares: é sobrinho de Tancredo Neves pelo lado materno e seu pai era primo de Getúlio Vargas. Por isso, ele teve oportunidade de conviver de perto com alguns dos principais nomes da história recente do Brasil e com os bastidores da nossa política, e esteve presente em alguns dos acontecimentos mais importantes do país nas últimas décadas. Formou-se em Direito, estudou na França e nos

Estados Unidos. É um tributarista de extrema competência e assumiu desde jovem responsabilidades importantes em diversas instâncias do governo.

Quem finalmente conseguiu convencê-lo a publicar este livro foi justamente nosso querido amigo Renato de Moraes, que infelizmente nos deixou prematuramente em 2021 e não pôde ver a obra concluída. Graças ao Renato, logo que meu xará topou participar, convidamos nosso amigo editor José Mario Pereira para comandar o projeto. A ideia foi ainda mais longe: com o incentivo e a visão editorial do Zé Mario, espero que este seja o primeiro livro de uma série de biografias retratando personalidades que tenham a contribuir para a história do país.

Sempre gostei muito de conhecer e me relacionar com gente mais velha, de aprender com as vivências dos outros, e Francisco Dornelles é um desses personagens que trazem lições valiosas para quem se interessa pela política, pela economia e pela história do Brasil. Exímio mediador, acostumado a tratar com os mais diversos grupos no poder, Dornelles sempre se preocupou em trabalhar pelo crescimento do país, mantendo-se fiel às suas ideias sem nunca deixar de respeitar as dos outros. Considero importante para as novas gerações a publicação deste livro e a oportunidade de conhecer mais de perto uma trajetória relevante de mais de seis décadas na política brasileira, especialmente no momento em que vivemos.

# INTRODUÇÃO

*Merval Pereira*

Francisco Dornelles é um tecnocrata com sensibilidade política, o que o faz uma espécie rara, e fundamental, na vida nacional. Relacionamentos familiares cruzados com Getúlio Vargas e Tancredo Neves – o pai era primo de Getúlio, e casou-se com uma irmã de Tancredo – fizeram com que convivesse com a política desde cedo, mas não o tiraram de sua vocação, as finanças públicas.

Especializou-se no tema na universidade francesa de Nancy e em tributação internacional na Universidade Harvard, em Boston. Foi através da economia que entrou na vida pública, e sempre foi ela que o levou a uma carreira tecnocrática coroada com os mais altos cargos da estrutura da administração nacional. A carreira política não foi menos exitosa, de deputado federal a governador do Rio de Janeiro, passando pelo Senado.

Dornelles é o típico político mineiro que consegue dar nó em pingo-d'água, com habilidade, sem manobras rasteiras. Era secretário da Receita Federal no governo Figueiredo quando Tancredo Neves começava a se movimentar para ser candidato à presidência da República. Manteve postura de neutralidade no cargo quando a campanha pelas Diretas Já tomou as ruas do país, com o PMDB tendo participação decisiva de Ulysses Guimarães, o "Senhor Diretas".

Tancredo, coadjuvante, se tornaria protagonista com a derrota da emenda Dante de Oliveira. A eleição indireta do Colégio Eleitoral teria o PMDB não para uma "anticandidatura", mas com um candidato para ganhar. O discreto Dornelles assumiu, então, postura mais atuante, revelando sua predileção pela candidatura de Tancredo Neves, embora o governo tivesse candidatos em disputa interna: Paulo Maluf e Mario Andreazza.

Dispôs-se a deixar o governo, mas sua presença foi considerada importante, mesmo diante da situação política delicada. Ficou, mas fazendo política nos bastidores, e conseguiu, entre outros fatos relevantes, ajudar a desmantelar manobra de última hora, com o fim de adiar a eleição indireta com a renúncia de Maluf, que vencera a convenção do PDS, mas demonstrava fragilidade contra Tancredo no Colégio Eleitoral.

Ponte entre membros do governo que queriam a vitória de Tancredo ou a derrota de Maluf, Dornelles conversou com diversos ministros, especialmente os militares: Walter Pires, do Exército; Alfredo Karan, da Marinha, e Délio Jardim de Mattos, da Aeronáutica. Mas foi o poderoso chefe do Gabinete Civil, Leitão de Abreu, o principal elo que permitiu antecipar alguns movimentos de bastidor contra Tancredo.

A proximidade com Tancredo deu-lhe um conhecimento das manhas políticas que só fez aprimorar qualidades que já tinha: paciência para ouvir, gentileza no trato, agudeza de espírito. Tancredo eleito presidente do Conselho de Ministros, Dornelles jantava em um restaurante em Brasília quando apareceu um sujeito muito cumprimentado, distribuindo cartões pelas mesas, anunciando-se como o futuro membro da equipe presidencial. O cargo, porém, havia sido oferecido a ele, Dornelles. Queixou-se com Tancredo, que reagiu com bom humor: "Você sabe que vai ser você, não sabe? Então deixa ele se divertir, se alegrar por alguns instantes".

Dornelles sempre foi coerente com suas ideias liberais nos cargos que ocupou: ministro da Fazenda com Sarney; ministro do Trabalho e da Indústria e Comércio, no governo Fernando Henrique. Ficou pouco tempo no governo Sarney, por pressão do PMDB, que tinha no ministro do Planejamento João Sayad o representante de uma política econômica mais flexível que a que defendia, que exigia taxas altas de juros para conter uma inflação de 14% ao mês, e corte de gastos para lutar pelo equilíbrio fiscal.

A turma do PMDB aceitava "taxas moderadas de inflação", o que fez Dornelles pedir demissão. Como sempre, sem estardalhaços nem rompimentos; ao contrário: continua amigo do ex-presidente José Sarney até hoje. Já nos anos 1990, defendia a independência do Banco Central, o fim do monopólio estatal sobre petróleo e telecomunicações, mas também era pragmático. Embora liberal, adotou um pragmatismo para responder ao protecionismo dos países desenvolvidos.

Quando ministro da Indústria e Comércio no governo Fernando Henrique, elevou as alíquotas de importação de produtos cujos similares nacionais não se mostravam em condições de competir num mercado globalizado: brinquedos, têxteis, calçados, veículos, papel e celulose, o que lhe valeu a peja de "neoprotecionista".

Durante os períodos em que ocupou ministérios técnicos, Dornelles não abandonou a política. Foi considerado um dos maiores responsáveis pela aprovação da reeleição para os cargos executivos proposta pelo governo de Fernando Henrique Cardoso, conseguindo que seu partido, o PPB, desse 43 dos 87 votos a favor, apesar da pressão de Paulo Maluf, sempre ele, contrário à reeleição. Afável, humilde, mas firme, Dornelles é capaz de reagir a um gesto insolente de um negociador alemão, que quebrara uma garrafa na mesa, com outra garrafada, avisando, com a ironia que é seu traço: "Também sei negociar a garrafadas".

# POR UM BRASIL MODERNO E COMPETITIVO

*Cecília Costa*

Conheci Francisco Dornelles durante o governo do general João Baptista Figueiredo, quando ele era secretário da Receita Federal e eu jornalista de Economia no *Globo* e no *Jornal do Brasil*. Temido pelos contribuintes, que o chamavam de Leão da Receita, era respeitado pela imprensa. Mais tarde, às vezes eu o via na rampa da Fundação Getúlio Vargas, quando ia entrevistar o ex-ministro Mario Henrique Simonsen. Dornelles abandonou o campo técnico e seguiu uma bem-sucedida caminhada política, e eu me voltei para o jornalismo literário.

Nunca mais o encontrei, e não poderia imaginar que um dia o auxiliaria a escrever o perfil biográfico. Se de início estava temerosa, porque esperava me deparar com um homem muito rígido, nossos encontros – realizados em sua residência no Jardim Botânico, de setembro de 2020 a agosto de 2021, durante o auge da Covid – me desarmaram por completo. Extremamente educado, gentil, afável, apesar de introvertido, Dornelles me deixou totalmente à vontade ao longo das entrevistas. Por ser homem da conciliação, mesmo nossas divergências políticas não criavam impasses, chegando ocasionalmente a provocar risos.

Só não posso dizer que foram entrevistas no sentido restrito. Foram narrativas. Relatos ou episódios que gravei e passei para o papel. Talvez para não perder o fio da memória, ele não gostava de ser interrompido. Contava o caso que considerava interessante e me perguntava: "O que você acha? Acha que está bom para ser inserido no livro?". Eram casos ótimos, e não havia motivo para refutá-los. Por isso, considero que este livro é muito mais de Dornelles do que meu. O que não quer dizer que eu não tenha tido participação, sobretudo no que diz respeito aos assuntos pessoais.

Inúmeras vezes perguntei sobre o casamento e Dornelles não me dizia nada. Deixava a pergunta passar. Apelei então para Cecilia Dornelles. E ela comentou, brincando: "Como assim, quer se fazer de solteiro? Já estamos casados há mais de 50 anos". Foi Cecilia quem contou que o namoro só havia durado um ano. Conheceram-se na FGV em janeiro de 1969 e casaram-se em janeiro de 1970. Quase que um amor à primeira vista, ou paixão.

Cecilia se mantinha a distância durante as entrevistas, mas quando achava que podia colaborar, colaborava. Foi ela quem fez a pesquisa e as cópias das fotos. Novamente, faltou a foto do casamento; veio por último, mas veio.

Sobre a avó Antonina Neves, que praticamente o criara em São João del-Rei, Dornelles falou muito pouco. Encontrei informações a respeito de dona Sinhá no livro de José Augusto Ribeiro, *A noite do destino*, biografia de Tancredo Neves, e inseri no texto do livro. Dornelles me perguntou: "De onde você tirou isso?". Expliquei. Felizmente ele aprovou. Sobre a mãe, também não entrou em detalhes; só contou que era severa. Mas a infância foi muito feliz. E creio que será uma surpresa para os leitores deste livro descobrir que Dornelles, torcedor do Fluminense, desde pequeno foi um grande amante de esportes, principalmente futebol, natação e basquete.

Francisco Dornelles fala como quem escreve, ou seja, tem o pensamento muito ordenado, talvez em virtude do número sem fim de pronunciamentos que fez na vida. É muito rígido quanto à correção do português e fez questão de fazer pessoalmente minuciosas revisões no texto. Como não parava de pensar no livro, de vez em quando se lembrava de um fato novo e corria para me ligar e contar. Foi o que aconteceu com o encontro com Che Guevara em Genebra. "Vale a pena, Cecilia?". Obviamente respondi que sim.

Um homem que chegou a ministro, deputado, senador, governador e presidente de honra de partido sem dúvida foi e é ambicioso. Mas o interessante é que, apesar de provir de uma linhagem política superatuante no país, e das muitas realizações que obteve ao longo da vida, ele não se comporta na intimidade como uma pessoa orgulhosa. Foram inúmeras as condecorações que recebeu, mas age o tempo todo com a humildade de quem sabe seu próprio valor.

Algumas ocorrências, porém, o deixaram bem feliz, como a de ter sido considerado, em 28 de dezembro de 2011, pela revista *Veja*, "o primeiro entre os senadores". Essa consagração levou em conta os pronunciamentos e votos em relação a questões vitais em tramitação no

Legislativo, em favor de um Brasil mais moderno e competitivo.

Desejo que continua sendo o mesmo: a criação de um Brasil mais moderno, competitivo e justo, com saúde e educação, e no qual todos tenham condições de trabalhar, com lealdade e correção.

# PACIÊNCIA, HUMILDADE, FIRMEZA

"Na política e na administração, para atingir as metas, temos que ter paciência, humildade, firmeza e abrir mão de qualquer pompa. A pompa é a morte do poder". Esse foi um dos ensinamentos transmitidos por Tancredo Neves ao sobrinho Francisco Neves Dornelles para que pudesse ser bem-sucedido na vida pública. Ensinamento que o rapaz, nascido em Belo Horizonte e criado em São João del-Rei, seguiria à risca em sua longa trajetória como técnico da administração federal, deputado, ministro e governador.

A relação de Dornelles com Tancredo foi caracterizada por intimidade, cumplicidade e confiança, tendo Tancredo muitas vezes recorrido à capacidade de negociação de Dornelles para resolver algumas dificuldades ou obstáculos do dia a dia da política ou da economia do país. Foi Dornelles, por exemplo, a quem Tancredo, logo após ter sido eleito presidente do Brasil pelo colégio eleitoral, escolheu para que fosse a Paris conversar com o diretor do Fundo Monetário Internacional, Jacques de Larosière, sobre a dívida externa brasileira.

O enviado brasileiro voltou da capital da França com uma solução para o problema: a suspensão temporária dos pagamentos até que o novo presidente da República tomasse posse e os bancos credores chegassem a um acordo com o país.

Saber negociar, aliás, é outro quesito essencial que deve pautar a ação de um bom político ou administrador da máquina pública. A humildade e a paciência não devem ser entendidas como fraqueza, mas, sim, por sutileza, jogo de cintura, objetivos claros e coragem na tomada de decisões. De nada adianta ser arrogante ou achar que o jogo está ganho de imediato.

É preciso também, é claro, saber fazer alianças com os opositores. Ser capaz de ouvir os outros, pôr na balança as várias sugestões e, por fim, agir de *motu proprio*. Comportamento que costumava ser adotado por Tancredo Neves e por Fernando Henrique Cardoso, segundo o ex-governador interino do Rio e atual presidente de honra do Partido Progressista.

Ao narrar sua movimentada vivência administrativa e política, Francisco Dornelles, hoje com 86 anos, conta vários casos que ajudam a elucidar páginas obscuras da história brasileira dos últimos 70 anos. Muitos deles são instrutivos, saborosos e mesmo irônicos, revelando aspectos da personalidade de Getúlio Vargas, Tancredo, Delfim, Simonsen, Geisel, Golbery e Fernando Henrique.

Durante o período da votação da Lei das S.A. na Câmara, Dornelles foi informado de que Tancredo, relator da matéria, ficava, pacientemente, até duas horas na sala de espera de um técnico do governo. Tratava-se do dr. Paulo de Tarso Campolino de Oliveira, chefe de departamento da Área de Orçamento do Ministério da Fazenda. Dornelles decidiu, então, ir falar com Tancredo. Perguntou-lhe qual era o assunto que ele procurava resolver lá, observando que não fazia sentido esperar tanto tempo para falar com um chefe de departamento, sendo ele deputado federal e relator da Lei das S.A.

Tancredo esclareceu que, como deputado, tinha que lutar pela liberação de verbas para os municípios de Minas. E que essa era a razão de se encontrar ali, tão humilde e pacientemente, à espera do Campolino. Dornelles, então, retrucou: "Por que não fala diretamente com o ministro Simonsen, que teria o maior prazer em recebê-lo?"

Tancredo disse algo que Dornelles nunca mais esqueceria:

> Pela experiência que eu tenho, quem menos manda no Ministério é o ministro. E menos do que o ministro só o presidente da República. Realmente, esse chefe de departamento me faz esperar um pouco, mas, quando me recebe, ele me libera tudo o que quero para os municípios. Sou o candidato da oposição que mais consegue liberar verbas neste governo.

Assim, Dornelles ficou sabendo que as decisões não aconteciam no topo do poder, mas nas camadas médias. Um parecer contrário de alguém do segundo ou terceiro escalão à liberação de dinheiro ou aprovação de uma medida poderia parar todo o processo. Consequentemente, quando foi ministro da Fazenda de José Sarney, ministro da Indústria e do Comércio e ministro do Trabalho de

Fernando Henrique Cardoso, sempre ficaria atento ao terceiro escalão ou aos chefes de departamento.

E, muitos anos depois do que ocorrera com Tancredo, passaria por uma experiência bem semelhante à do tio. Ministro da Indústria e do Comércio, aguardaria cerca de três horas para ser atendido pelo secretário da Receita Federal, pois queria que ele apoiasse a medida provisória que dedicaria 3% dos recursos federais ao incentivo da indústria nacional do cinema. "Enquanto eu estava sentado", comenta, "lembrei-me do caso de Tancredo e Campolino. Consegui o apoio. Esse benefício fiscal para o cinema até hoje não foi revogado".

# A GARRAFADA

Nascido em 7 de janeiro de 1935, como bom mineiro, Francisco Dornelles é caladão, introspectivo e muito observador. Afável, extremamente educado, é um homem sério que não costuma deixar transparecer no rosto as emoções que sente. Quando fala, praticamente nenhum músculo da face se mexe. O que não quer dizer que não tenha sentimentos. Além de extremoso marido, pai de família e avô, é um homem de fibra, ético e digno, que serviu à nação com fidelidade em todas as funções públicas que exerceu.

Ao contar seus casos, transformando-os num rosário de historietas, muitas delas com final surpreendente, revela boa dose de humor. Um humor contido, sutil, porque, por mais engraçada que seja a narrativa, ele pouco ri. Apenas os olhos ficam mais brilhantes. Deixa o riso para o interlocutor, provavelmente com certo prazer, uma sensação interna de divertimento. Algumas dessas histórias revelam a firmeza de Dornelles na tomada de decisões e sua capacidade de mudar de pensamento quando, depois de muito avaliar, considera necessário.

No início dos anos 1970, quando Delfim Netto era ministro da Fazenda, Alemanha e Brasil negociavam em Brasília um acordo para eliminar a dupla tributação de renda. Representantes de todas as empresas de capital alemão se encontravam presentes no Distrito Federal, certos de que iriam celebrar a assinatura do acordo. As delegações, no entanto, não chegaram a um entendimento. O chefe alemão da delegação, Helmut Debatin, chegou a dar uma garrafada na mesa, procurando intimidar a delegação brasileira.

Provavelmente, Debatin não esperava que o chefe da delegação brasileira, um senhor que parecia tímido e reservado, tivesse reação similar. Mas foi o que aconteceu. Francisco Dornelles também empunhou e quebrou a garrafa que se encontrava ao seu lado da mesa. E disse: "Se tiver que ser assim, também sei negociar na base da garrafada". Não houve acordo algum, é claro.

O alemão não sabia com quem estava se metendo. Anos mais tarde, o negociador irredutível, ao ser guindado ao posto de secretário da Receita Federal, cargo que exerceria de 1979 a 1985, em razão de sua inflexibilidade no trato com os contribuintes inadimplentes, seria chamado por seus conterrâneos de "Leão da Receita".

Na noite do dia 14 de março, em 1985, seu tio Tancredo Neves, presidente eleito do Brasil, por motivos de saúde, foi internado no Hospital de Base de Brasília. Seu clínico, Renault Mattos Ribeiro, comunicou à família que Tancredo tivera uma crise de apendicite e que deveria ser operado imediatamente. Para a operação, ele indicou o cirurgião Francisco Pinheiro da Rocha.

Dornelles, que ainda era secretário da Receita Federal, chegou ao Hospital de Base às 11 horas da noite. Tancredo, cercado pelos familiares, estava preocupadíssimo com os rumos do Brasil. Ele temia que o presidente Figueiredo não desse posse ao vice-presidente Sarney no dia seguinte. Para acalmar Tancredo, Dornelles comunicou-lhe que falara com o doutor Leitão de Abreu e que ele garantira que Figueiredo daria posse a Sarney. Tancredo retrucou então: "Diga aos médicos que eles façam o que entenderem que deve ser feito". Segundo conta o jornalista José Augusto Ribeiro na biografia *Tancredo, a noite do destino*, Dornelles havia sido a pessoa indicada por dona Risoleta para convencer o tio da necessidade da operação.

Na comissão de finanças da Câmara dos Deputados, Dornelles criticava o arrocho fiscal e as elevadas taxas de juros do governo Lula quando foi aparteado por um deputado lulista, que afirmou: "Essa política que Vossa Excelência critica é exatamente a mesma que procurava implementar quando ministro da Fazenda. Vossa Excelência poderia explicar por que mudou de posição?". Dornelles respondeu: "Se até os ventos, que não raciocinam, mudam de direção, por que uma pessoa que pensa, que trabalha, que lê e raciocina não pode mudar seu posicionamento?".

E, em junho de 2016, ao assumir o cargo de governador interino do Rio de Janeiro, em pleno período de Olimpíadas, teve a coragem de dizer: "O estado está falido". E anunciou que, se a dívida com a União não fosse renegociada, ele não teria mais nada a fazer além de ir a Brasília entregar a chave do Tesouro. "Toma a chave do Rio", é o que iria dizer ao governo federal. Em seguida, decretou estado de calamidade financeira.

Felizmente, o presidente Michel Temer entendeu a situação e destinou R$ 2,9 bilhões ao Rio de Janeiro. Dessa forma, foi possível resolver os problemas imediatos, principalmente nas áreas de segurança e transportes, o que muito contribuiu para que as Olimpíadas se realizassem com sucesso e num clima de tranquilidade.

Foram várias as histórias narradas por Dornelles para compor este livro, ao longo de entrevistas concedidas entre setembro de 2020 e agosto de 2021. Uma das mais importantes diz respeito a um encontro com Che Guevara em abril de 1964, na estação de trem de Genebra. Nesse encontro, o Comandante criticou a falta de visão política de João Goulart, que poria em risco por muitos anos a estabilidade de toda a América Latina.

# LIGAÇÕES PODEROSAS

Professor, mestre e doutor em Direito Financeiro pela Universidade do Brasil (hoje UFRJ), com cursos de especialização nas Universidades de Nancy (França) e de Harvard (EUA), presidente da Comissão de Tributação Internacional da Fazenda (CETI), procurador-geral da Fazenda, secretário da Receita Federal, deputado constituinte, deputado federal, três vezes presidente da Comissão de Finanças da Câmara, três vezes ministro, senador, vice-governador do Rio de Janeiro e governador interino por duas vezes, Francisco Neves Dornelles conviveu com o poder desde menino.

Oriundo de uma estirpe de políticos, seja pelo lado materno, os Neves, seja pelo lado paterno, os Dornelles, tendo se impregnado do clima vigente na casa dos pais, na casa da avó Antonina Neves, dona Sinhá, em São João del-Rei, e nas residências de Tancredo, não pôde escapar à destinação genética. Advogado, com mestrado e doutorado em Direito, tendo cursado Contabilidade na Candido Mendes e se especializado em finanças na Universidade de Nancy e em tributação internacional em Harvard – o que possibilitou que ocupasse cargos eminentemente técnicos na hierarquia governamental – a política nunca deixou de correr em suas veias. "Sou um ser anfíbio", diz. "Não sou um puro tecnocrata".

Em sua árvore genealógica há muitos parentes influentes ou poderosos. O pai, Mozart Dornelles, nascido em São Borja, era primo-irmão de Getúlio Vargas, pois o general Ernesto Francisco Dornelles, o avô de Dornelles, era irmão de Cândida Francisca Dornelles Vargas, esposa do general e estancieiro Manuel do Nascimento Vargas. Esse general Vargas lutou na guerra do Paraguai. Oficial da Infantaria, Mozart, que na carreira ascenderia ao cargo de coronel, serviria no Gabinete Militar de Getúlio nos anos 1950, então chefiado pelo general Ciro do Espírito Santo Cardoso, primo-irmão do pai de Fernando Henrique. Bem mais velho do que Mozart, Getúlio tinha carinho pelo primo. Dornelles frequentou o palácio do Catete quando criança.

O tio Ernesto Dornelles, batizado com o nome paterno, também teve formação militar e seria secretário de Segurança em Minas. Além disso, foi governador do Rio Grande do Sul por duas vezes: a primeira como interventor indicado por Vargas e a segunda eleito nas urnas, em outubro de 1950, pelo PTB. Tendo optado na ocasião por uma equipe totalmente trabalhista, incluiu em seu secretariado nomes como João Goulart, Antônio Brochado da Rocha e Leonel Brizola. Ernesto ficara muito amigo de Juscelino Kubitschek quando se encontraram na boca do Túnel da Mantiqueira, próximo à cidade de Passa Quatro, durante os idos da Revolução Constitucionalista de 1932. Com isso, ao ser eleito presidente da República, em 1955, Kubitschek o convidou para ser ministro da Agricultura.

Eis o que afirmou a respeito desse encontro o jornalista Claudio Bojunga, em seu livro *JK, o artista do impossível*, citando o historiador Francisco de Assis Barbosa:

> As boas e más fadas fizeram com que se encontrassem na zona do Túnel o coronel Eurico Dutra, futuro ministro da Guerra de Getúlio Vargas e futuro presidente da República; os capitães Ernesto Dornelles e Zacarias Assunção, futuros governadores do Rio Grande do Sul e do Pará; Benedito Valadares Ribeiro, futuro interventor e governador de Minas Gerais, e Juscelino Kubitscheck, que será prefeito de Belo Horizonte, governador de Minas e presidente da República. Juscelino receberia, na campanha de 1932, além do batismo de fogo, o batismo político.

Já a mãe de Francisco Dornelles, Mariana de Almeida Neves Dornelles, era da influente família Neves de São João del-Rei, irmã de Tancredo Neves, que foi vereador de sua cidade natal, promotor, presidente de Câmara, deputado estadual, deputado federal inúmeras vezes, ministro, primeiro-ministro durante o Parlamentarismo, governador de Minas, e presidente da República, eleito pelo Colégio Eleitoral em janeiro de 1985. Doente, como bem o sabemos, Tancredo não pôde tomar posse em 15 de março. Quem tomou posse foi o vice-presidente, José Sarney. O presidente eleito morreu em 21 de abril, Dia de Tiradentes. Todos os brasileiros o prantearam.

Ao comentar os laços de poder que o cercaram desde a infância e adolescência, Dornelles informa ainda que, como os Vargas, os Dornelles nasceram no município de São Borja, próximo à fronteira com a Argentina. Na década de 1950, Jango se aproximaria mais de Tancredo quando era ministro do Trabalho de Getúlio, e Tancredo, ministro da Justiça.

Um dado curioso é que Mozart Dornelles estudou na Escola Militar em Realengo, no Rio, na mesma época em que lá estudava Golbery do Couto e Silva. Na ocasião, os dois ficaram amigos, embora fossem de campos políticos diferentes. E a amizade foi mantida ao longo do tempo:

> Meu pai sempre foi getulista. Havia o Exército getulista e o antigetulista. Meu pai pertencia ao Exército getulista. E Golbery era um grande expoente do Exército antigetulista. Havia a diferença política, mas isso não afetou o relacionamento dos dois. Meu pai e Golbery se mantiveram amigos.

Com isso, Francisco Dornelles, no Governo militar, sempre teria abertura para falar com Golbery. E as ligações com o poder não param por aí. Duas irmãs de seu pai, Mozart Dornelles, casaram-se com Cândido Castelo Branco, irmão do general piauiense Humberto Castelo Branco. A primeira, chamada Sila, morreu, e Cândido então se casou com a irmã de Sila, Amélia. Em função disso, Dornelles era visto como um sobrinho por Cândido Castelo Branco e como um parente próximo pelo general Humberto Castelo Branco, o que futuramente teria consequências em sua vida acadêmica. Humberto e Cândido morreriam no acidente de avião ocorrido em 1967.

Essas relações criaram um homem impassível, meio que indecifrável, não muito fácil de ser dobrado e incapaz de demonstrar fraqueza. Ciente do lugar que sua família ocupava no mundo político brasileiro, a materna e a paterna, e consciente do próprio valor. De porte pequeno, Francisco Dornelles aparenta muita calma, mas pode ter reações inusitadas, caso provocado, como na discussão com o chefe da delegação alemã sobre dupla tributação, no Ministério da Fazenda.

# A FORMAÇÃO

O avô materno de Francisco Dornelles, Francisco de Paulo Neves, era um comerciante de posses, dono de um armazém próspero, que morreu em 1922, aos 44 anos, deixando Antonina de Almeida Neves (dona Sinhá) viúva aos 36 anos. Mulher forte, ela conseguiu criar muito bem os 12 filhos: Octávio, Paulo, Roberto, Francisco, Tancredo, Maria Josina, Esther, Gastão, Mariana (mãe de Dornelles), Jorge, Antônio e José. "Seu Chiquito", como era conhecido o marido de Antonina em sua cidade natal, atuava politicamente, sendo um adversário ferrenho do bernardismo. Ele deixou uma boa herança para a esposa: o armazém, alguns negócios e uma casa espaçosa na rua Direita de São João del-Rei. Quando morreu, a administração do armazém e dos negócios recaiu sobre dona Sinhá e os filhos Octávio e Paulo. Mas, como a filharada era muito grande, aos poucos o patrimônio acabou sendo consumido.

Ao conversar com o biógrafo de Tancredo, o jornalista José Augusto Ribeiro, dona Risoleta contou o seguinte:

> A situação dos Neves era boa, ou pelo menos razoável, graças ao trabalho do pai de família e a uma espécie de capital de

prestígio que ele acumulara em São João del-Rei, por sua seriedade e operosidade. Com a morte de "seu Chiquito", os negócios entraram em crise. Nem os filhos tinham idade ou experiência para substituí-lo, nem dona Sinhá poderia deixar a família largada para dedicar-se aos negócios em tempo integral. Ela chegou a cozinhar e a servir no bar da casa de comércio do marido, mas, com o tempo, tanto o armazém como a própria casa de moradia da família tiveram que ser vendidos.

Ou seja, dona Sinhá passaria a morar em um imóvel alugado. Mesmo assim, como tinha muita energia e disposição para o trabalho, não desanimaria. Na opinião de Tancredo, ela praticamente fez milagres para poder encaminhar e educar os filhos, pois todos se formaram. "Minha mãe", dizia Tancredo, "foi uma figura excepcional. Uma heroína, uma santa na condução de uma família tão numerosa". Ela costumava afirmar: "Para descansar, temos toda a eternidade". Seus descendentes seguiriam o sábio lema da matriarca. Tancredo só parou quando morreu e Dornelles, assim que iniciou sua vida profissional, trabalhou incessantemente, comportando-se como um maníaco por trabalho, ou *workaholic*.

Dona Sinhá era de uma personalidade fascinante. Sua influência sobre os filhos não foi apenas moral, mas também intelectual. Muito católica, responsável, de elevado compromisso com os deveres, tinha grande interesse pela cultura. Falava francês, lia muito, organizava recitais de canto ou de piano no Teatro Municipal de São João ou no Clube Sanjoanense. E a espiritualidade não impedia a alegria, o divertimento. Gostava de música e de carnaval.

Presente nas procissões da Semana Santa, ao som da música sacra mineira, a família também participava das festas de Momo e dos corsos. Advogado e promotor, ao juntar algum dinheiro, Tancredo pensou logo na mãe: comprou para ela um modesto sobrado que a livraria do pagamento do aluguel.

Quando foi servir em São João del-Rei, no 11º Regimento de Infantaria, que também seria chamado de Regimento Tiradentes, Mozart conheceu Mariana e os dois se casaram, unindo as famílias de São Borja e de São João del-Rei, profundamente políticas. Um dos padrinhos, o general Ciro do Espírito Santo Cardoso, mais tarde também viria a se casar com uma moça de São João del-Rei. O casal teve cinco filhos, o primeiro deles Francisco Dornelles. Apesar de ter nascido em Belo Horizonte, Dornelles se considera um cidadão de São João del-Rei, porque os pais o levaram para lá com cerca de dois meses. Como Mozart Dornelles era militar e viajava muito com a esposa, o menino foi criado praticamente por dona Sinhá. Ficaria muito ligado ao tio Tancredo, que na cidade mineira morava numa residência vizinha à da mãe.

Dornelles diz ter tido uma infância feliz. Ele viveu em São João del-Rei aos cuidados da avó até os 14 anos, com uma interrupção de apenas um a dois anos causada pela transferência do pai para o Rio. Tancredo e o cunhado Mozart nutriam um pelo outro uma grande amizade. Foi Mozart quem apresentou Getúlio ao político mineiro.

São João del-Rei no início dos anos 1940 era uma cidade de 10 mil a 15 mil habitantes. Nela, existiam duas orquestras sinfônicas, dois clubes de futebol – Minas e Atletic –, duas ordens religiosas – Carmo e São Francisco –, dois cinemas e dois grupos que disputavam a hegemonia política da cidade, em clima de grande radicalismo.

Durante o período em que Dornelles morava com a avó, era proibido assistir à missa na Igreja do Carmo e frequentar festas no Atletic. Os jogos de futebol entre os dois times só podiam ser realizados com autorização da Secretaria de Segurança do estado e do 11º Regimento de Infantaria lá sediado. As pessoas iam para o campo armadas e o resultado do jogo era comemorado com foguetes e vaias, o que na época era a maneira de agredir o adversário.

Na casa de dona Sinhá, prevalecia o sentimento de que não se devia agredir o oponente, mas também não se devia manter com eles qualquer tipo de relacionamento estreito ou intimidade.

Nascido em 1935, quando Getúlio, primo do pai, já estava no poder, desde pequeno Dornelles respirava política. Em 1935, o tio Tancredo foi eleito vereador em São João del-Rei pelo Partido Progressista. Perderia o cargo em 1937, chegando até a ser preso temporariamente. Depois, como já foi dito, se dedicaria à advocacia, atuando como promotor público, mas em 1947 voltaria à carreira política como deputado estadual pelo Partido Social Democrático (PDS). Sua trajetória estava apenas começando. Já o tio Ernesto Dornelles seria o chefe de polícia em Minas de 1937 a novembro de 1942, quando foi transferido para o gabinete militar do Ministro da Guerra, Eurico Dutra, no qual serviria até 1943.

Apesar de ditador, Getúlio era o grande ídolo da família, um líder endeusado. "Vargas era visto como uma figura infalível, e todos que se opunham a ele a família considerava inimigos da pátria", diz Dornelles.

Sobre o início da formação educacional, ele conta o seguinte:

> O jardim de infância eu frequentei em São João del-Rei. Os dois primeiros anos do curso primário, devido a uma vinda de meu pai para o Rio, eu fiz na escola Duque de Caxias, no Grajaú. Terminei o 3º e o 4º ano primário no grupo escolar Maria Teresa de São João del-Rei, onde fiz o exame de admissão para o Colégio Santo Antônio, de frades franciscanos. Estudei três anos lá, onde adquiri uma boa base em ciências sociais, cheguei a falar razoavelmente francês e a dominar o latim. Gostava do colégio.

Em meados do curso ginasial, o pai foi transferido novamente para o Rio de Janeiro (antes estava em Juiz de Fora). Preocupado com a instabilidade geográfica dentro do Exército, que fazia o filho pular de um colégio para o outro, Mozart resolveu inscrevê-lo no Colégio Militar do Rio, onde Dornelles faria os dois últimos anos do ginásio e os três anos do científico:

> Inicialmente moramos numa enorme casa, herança de meu avô paterno, na rua Moraes e Silva, com um quintal imenso como o de uma chácara. Depois nos mudamos na Tijuca para a Rua Professor Gabizo número 293 (*o prédio, existente até hoje, está alugado à academia de ginástica Exerfit*). Ou seja, morávamos próximo ao Colégio Militar. Eu não fui um bom aluno no Colégio Militar. Não gostava de Química, Física e Matemática. Mas lá só tinha curso científico, não poderia ser diferente. O fato é

que eu era muito ruim em ciências naturais. Ciências humanas e sociais eram as minhas matérias preferidas.

Ser um mau aluno não significa que não gostasse do Colégio Militar. O colégio estava integrado ao bairro da Tijuca, que Dornelles considerava quase uma cidade independente, por ter grande quantidade de cinemas, clubes, bares e muitas festas familiares. Às tardes, ocorria uma disputa salutar, diz ele, entre os alunos do Colégio Militar e os do Pedro II, que tentavam monopolizar a simpatia das normalistas do Instituto de Educação.

Optou, no Colégio Militar, pela cavalaria, e aproveitou sua estada na Tijuca para dedicar-se muito aos esportes:

> Apesar da minha baixa estatura, fui do time de basquete no colégio e nadei pelo Tijuca Tênis Clube. Fui vice-campeão em natação no Tijuca, um senhor clube. Em 1954, eu ingressei na Faculdade de Direito. Estava com 19 anos. Éramos cinco filhos na minha família, duas moças e três homens. Maria Amélia e Mariana estudavam no Colégio Santa Teresa. Mozart estudava no Colégio Militar e Ernesto frequentava ainda um grupo primário. Hoje, Maria Amélia mora em São João del-Rei, casada com o médico José D'Ângelo, Mariana, que também reside na cidade mineira, é viúva do coronel Antônio Claret. Meus dois irmãos já faleceram.

# DE VOLTA AO PODER

No ano em que Dornelles entrou para a Faculdade de Direito, o país estava pegando fogo politicamente:

> Enquanto eu estava na Faculdade de Direito, o Brasil estava fervendo, devido aos ataques de Carlos Lacerda a Getúlio. O país vivia um período tão radical que meus irmãos iam para a aula com medo. Minhas irmãs também iam com receio para o colégio delas, o Santa Teresa, devido ao clima de agressão de parte de professores e colegas por causa do Getúlio. Mas não havia jeito: éramos parentes do Getúlio.

Tudo o que aconteceu com Getúlio, seja em 1945, seja em 1954, foi intensamente vivido pelas famílias Neves e Dornelles, em razão do parentesco com o ditador, que seria derrubado em fins de 1945 e, em 1951, voltaria ao poder como presidente eleito. Ainda muito jovem, portanto, Dornelles começou a exercer seu papel de testemunha da história. Uma testemunha que depois se transformaria num participante ativo, no *front* político ou nos bastidores, assim como seus familiares. Eis o que ele narra:

> Em 1945, meu pai servia na Vila Militar. Ele fora transferido de São João del-Rei para a Vila Militar, e servia no 2º Regimento

de Infantaria quando houve a deposição de Getúlio, em 29 de outubro. Aproveitando-se de uma ausência do coronel Comandante do Regimento, e reconhecendo a posição getulista do general Renato Parquet, Comandante da Região, o 2º Regimento de Infantaria não participou do golpe contra Getúlio.

De qualquer forma, os militares obrigaram Getúlio a deixar o Palácio do Catete. Ele voltou para sua fazenda em São Borja, no Rio Grande do Sul. Na ocasião, a vida de Mozart Dornelles mudou completamente. Seu filho conta o que ocorreu:

> Um grupo de oficiais invadiu a minha casa para prender meu pai, que havia sido transferido para a ilha de Fernando de Noronha. Eu tinha 10 anos. Posteriormente, quando Eurico Dutra foi eleito presidente, a situação mudou um pouco.

Com a transferência para Fernando de Noronha, Mozart, que residia na Vila Militar, recebeu ordens para deixar imediatamente a casa na qual morava:

> Minha família não tinha outra casa no Rio, e fomos para São João del-Rei. Mas em São João del-Rei também começara uma mudança. Recordo-me de que pessoas que a minha avó, meus tios – principalmente o Tancredo – haviam ajudado muito, na Era de Benedito Valadares, tomaram logo uma posição contrária à família. Lembro-me de que na eleição do Milton Campos para o governo de Minas havia grupos que iam para a casa de minha avó e soltavam foguetes de vaia, que arrebentavam nos vidros da nossa casa; sofremos até ameaças de invasão. Foram tempos difíceis. Isso ocorreu, pelo menos, acho, nos anos de 1946 e 1947.

Quatro anos depois, deu-se a volta ao poder para toda a família, Vargas, Neves e Dornelles:

> Veio a campanha do "Ele voltará", Getúlio foi eleito presidente e meu tio Ernesto Dornelles, irmão do meu pai, foi eleito governador do Rio Grande do Sul. O Tancredo se elegeu deputado federal e o Getúlio assumiu em 1951, tendo convocado meu pai para a Casa Militar, cujo chefe era o general Ciro do Espírito Santo Cardoso. Antes da campanha do Getúlio, quando estavam organizando os partidos, foi meu pai quem apresentou Tancredo ao Getúlio, ali no prédio do Morro da Viúva, no qual ele morava no Rio. Tancredo conversou com Getúlio sobre os partidos. E o Getúlio disse: "Importante é que você fique no PSD, porque o PTB deve ser um partido dos trabalhadores'. Tancredo entrou para o PSD.

Uma experiência inesquecível para Dornelles diz respeito ao que o poder pode fazer com as pessoas – o interesse que envolve. Enquanto Getúlio era ditador e Mozart Dornelles morava com a família na Vila Militar, um senhor chamado Grilo os visitava com frequência. Levava presentes para as crianças, chocolates. Após a deposição de Getúlio, o Grilo desapareceu. Mas assim que Getúlio foi reeleito, em 1950, ou seja, cinco anos depois, imediatamente ele voltou a visitar o amigo. Mozart disse então: "Oh, Grilo, você anda muito sumido". A resposta foi a seguinte: "Andei muito gripado".

Quando Grilo fazia suas aparições, muitas vezes tentava forçar a barra e ser convidado para almoçar, mas Mariana nunca o convidava. A esse respeito, Dornelles observa o seguinte:

Minha mãe era uma mulher dura. Meu pai também. Duro, rígido, como todo militar, mas se alguém chorava ao lado dele, era capaz de chorar mais ainda. Ele perdoou a falsidade de Grilo, que, acho eu, era um parente afastado; mas esse caso me fez entender bem cedo que, na vida pública, é importante saber conhecer e diferenciar os amigos do cargo e do poder dos amigos de verdade, que muitas vezes são esquecidos.

Tancredo era deputado federal quando Getúlio assumiu a presidência da República, e logo se destacou muito na Câmara. Juscelino, na ocasião governador de Minas, gostava muito de Tancredo. Por meio de Mozart, Getúlio aceitou fazer uma visita a São João del-Rei para inaugurar uma agência dos Correios e Telégrafos. Houve uma grande reunião no Teatro Municipal, e Tancredo fez a saudação a Getúlio proferindo um dos discursos mais brilhantes que havia feito até então. E o impressionante, diz Dornelles, é que foi um discurso de improviso, que não chegou a ser publicado. Após ouvi-lo, Getúlio afirmou a Mozart: "Eu nunca imaginei que Tancredo fosse um orador dessa estirpe".

A impressão causada pelo belo discurso do então deputado federal mineiro traria resultados. Poucos meses depois, Tancredo seria convidado para assumir o Ministério da Justiça e Negócios Interiores de Getúlio. Com isso, os Vargas, Dornelles e Neves novamente ocupariam postos importantes, como relembra Francisco Dornelles:

Quando eu estava no Colégio Militar, portanto no Rio de Janeiro, minha família tinha uma participação política muito grande: meu tio Ernesto, irmão de meu pai, era o governador no Sul; o irmão de minha mãe era ministro da Justiça; meu pai era da

Casa Militar e o primo de meu pai era o presidente da República. Praticamente, eu poderia dizer, estávamos no poder.

E aconteciam coisas inusitadas:

Naquela época os meios de comunicação eram muito difíceis. Do governador para presidente, não tinha telefone, fax, não existia nada disso! E toda a comunicação do meu tio, que era governador do Rio Grande do Sul, com Getúlio, era feita por correspondência. Jango e Brizola eram secretários de estado de meu tio Ernesto; Jango, secretário do Interior e Justiça, e Brizola, secretário de Obras Públicas. Era Brizola quem levava ao meu pai, na minha casa, aqui no Rio, a correspondência para o Getúlio. Eu tinha meus 14 anos. Conheci na ocasião Leonel Brizola pela frequência com que ele ia lá à minha casa. Em que pese este relacionamento histórico e familiar, nunca fui aliado de Brizola. Mas quando eu fui ministro da Fazenda e ele era governador do Rio, apoiou-me muito. Uma das facetas mais difíceis da política é você, pelas razões mais diversas, ser aliado do seu inimigo e adversário do seu amigo.

E aí veio o 24 de agosto de 1954. Com 19 anos, Dornelles, assim como toda a sua família, acompanharia de perto os acontecimentos.

# O SUICÍDIO DE GETÚLIO

Militar, Mozart Dornelles, segundo seu filho, não tinha nada de político. Primos de primeiro grau, privava da intimidade de Getúlio. O general Pedro Aurélio de Góis Monteiro foi ministro da Guerra de Getúlio de 1934 a 1935, chefe do Estado Maior do Exército de 1937 a 1943 e voltou a ser ministro da Guerra em 1945. Foi ele quem, no dia 10 de outubro de 1945, como ministro da Guerra, depôs Getúlio, fazendo com que deixasse o Palácio do Catete. Dutra, na ocasião, já havia se desincompatibilizado do cargo para concorrer à presidência da República.

Em 1951, presidente eleito do país, Getúlio passava parte do verão no Palácio Rio Negro em Petrópolis. Num sábado à tarde, Mozart se dirigia para um encontro com Getúlio e, ao passar pela sala de espera, viu que lá estava o Góis Monteiro. Eis o que conta Dornelles a respeito desse episódio:

> Meu pai disse a Getúlio: "Está aí fora o general Góis Monteiro. O senhor vai recebê-lo?". Getúlio respondeu: "Vou convidá-lo para ser o chefe do Estado Maior das Forças Armadas". Meu pai observou, então: "O senhor vai arrumar uma maneira de ser deposto por ele outra vez". Getúlio deu uma gargalhada e disse: "Manda ele entrar". E fez o que havia prometido fazer.

Convidou Góis Monteiro para ser o chefe do Estado Maior das Forças Armadas.

O tempo demonstraria que o prognóstico de Mozart estava errado. Não foi Góis Monteiro o general responsável pela crise no governo de Getúlio em 1954. Divulgado em fevereiro daquele ano, o manifesto ou memorial dos coronéis foi redigido por Golbery do Couto e Silva. A insurreição dos oficiais teve por líder o general Kruel. No documento, coronéis e também tenentes protestavam contra o descaso do governo face às necessidades do Exército, as precariedade das instalações em todo o território nacional, o obsoletismo do material bélico e, sobretudo, a defasagem da remuneração do Exército brasileiro com relação às Forças Armadas dos outros países. Sérias críticas eram feitas ao aumento de 100% no salário mínimo proposto pelo ministro do Trabalho, João Goulart.

Como o país já enfrentava graves problemas econômicos, além de assistir à devastadora campanha na mídia contra o caudilho gaúcho e seu "profeta", o jornalista Samuel Wainer, encabeçada por Carlos Lacerda, o impacto nos meios políticos e nos quartéis dessa manifestação militar foi muito forte. O general Ciro do Espírito Santo Cardoso, então ministro da Guerra, dirigiu-se até Getúlio, acompanhado pelo coronel Mozart (que também já não estava na Casa Militar e fora com o general Ciro para o Ministério da Guerra), e disse que, embora o memorial fosse contra o governo, ele o considerava contra ele próprio e, por isso, decidira pedir demissão. Nas conversas, surgiu então o nome do general Zeno Estillac Leal, que comandava a 4ª RM, com sede em Juiz de Fora, para substituí-lo na função. Irmão do ex-ministro Newton Estillac Leal – ministro da Guerra de janeiro de 1951 a março de 1952, defensor do monopólio do petróleo – Zeno deveria ser bem-visto nos grupos mais nacionalistas e bem-recebido dentro do Exército.

Em razão da dificuldade da comunicação telefônica, Mozart Dornelles foi designado para ir a Juiz de Fora e sondar o general Zeno sobre o convite, e ele o aceitou prontamente. Mas aconteceu o inesperado:

> Quando meu pai voltava de Juiz de Fora, ao passar por Petrópolis, ouviu uma notícia segundo a qual Zenóbio da Costa havia sido convidado para ministro da Guerra. Chegando ao palácio do Catete, foi recebido por Benjamin Vargas, o Bejo Vargas, irmão de Getúlio, que disse a ele: "Não teve jeito, Mozart. Se Zenóbio não fosse o ministro, haveria uma crise dentro do Exército". Meu pai lhe respondeu: "Os que ajudaram a nomear Zenóbio vão se arrepender enormemente da indicação".

Em protesto contra a indicação de Zenóbio, Mozart Dornelles, que havia acompanhado o general Cyro Cardoso, deixou o gabinete do ministro e ficou sem função pública, até que Getúlio o levou para o Conselho de Segurança Nacional. Quanto a Jango, foi substituído no ministério do Trabalho por Hugo Faria.

No que diz respeito a Zenóbio, dessa vez Mozart estava certo em sua previsão pessimista. E em 24 de agosto de 1954 não deu outra coisa... O então ministro da Guerra se aliou aos generais que exigiam o afastamento de Getúlio, e ajudou a afastar o presidente do cargo, em razão da promessa que lhe fora feita de que na presidência de Café Filho continuaria ministro. Em outras palavras, foi uma das pessoas que encurralaram Getúlio contra a parede naqueles terríveis idos de agosto, levando-o a cometer o suicídio. A promessa de Café a Zenóbio, no entanto, não se cumpriu, pois o vice-presidente de Getúlio, ao se tornar presidente da República, indicaria para o cargo de ministro da Guerra o general Henrique Lott.

Segundo Tancredo afirmou inúmeras vezes a Francisco Dornelles, se – após o atentado na rua Toneleros, em 5 de agosto, a morte do major Rubens Vaz e a CPI denominada República do Galeão – Getúlio tivesse resistido à pressão para renúncia ou afastamento temporário do cargo, o suicídio poderia ter sido evitado. Em dezembro de 2010, Dornelles deu uma entrevista ao jornalista Tarcísio Holanda, na qual afirmou o seguinte:

> Em 1954 houve um movimento que precisa ser ainda examinado com mais profundidade, porque ali tudo indica – e ouvi o Tancredo falar inúmeras vezes – que o Getúlio pediu opinião ao Gabinete sobre qual era a situação, e como devia conduzi-la. Se tivesse havido uma pequena indicação de que era necessária uma reação, Getúlio teria ficado no poder. Só o Tancredo (Justiça) e o Oswaldo Aranha (Relações Exteriores) manifestaram-se nesse sentido. Zenóbio era ministro do Exército, mas o General Odylio Denys comandava o que se chamava naquele tempo de 1º Exército. E o Denys era um getulista. Ele ficou contra a posse do Jango, em 1961, mas era getulista. Comandou o 3º Exército no Rio Grande do Sul. Era um grande getulista e queria que houvesse uma ordem para ele descer com a tropa. E teria descido, porque, conforme está no livro da Alzira Vargas, de todos

os generais que assinaram o manifesto contra Getúlio, nenhum tinha tropa! Se tivesse vindo uma ordem, em 1954, não teria havido a deposição de Getúlio. O general Denys falava, estava fardado: "Eu só preciso de uma ordem. Dê-me uma ordem, que eu tomo conta da situação". Mas a ordem não veio.

Dornelles acredita que por trás da crise havia interesses econômicos:

> A morte do Major Vaz criou um clima, mas hoje estou convencido de que havia interesses econômicos muito grandes em choque. Acho que a grande campanha contra Getúlio foi em decorrência da decisão que ele tomou de construir a Petrobras e fazer uma empresa para explorar o petróleo. Estou convencido de que o grande movimento contra o Getúlio foi gerado pela criação da Petrobras e da Eletrobrás. Naquela época, algumas empresas estrangeiras tomavam conta do Brasil. Elas davam ordens. As empresas de petróleo eram muito fortes.

Ao dizer isso, lembra-se também de um caso ocorrido com o pai, ainda em 1953, quando Getúlio estava sendo muito agredido na TV pelo Lacerda. Só havia uma rede de TV no país, pertencente a Assis Chateaubriand, dono dos *Diários Associados*, e Getúlio ficava praticamente sem o direito de resposta:

> Meu pai foi ao Chateaubriand – meu pai tinha certa simpatia pelo Chateaubriand – e falou, naquela conversa, sobre a possibilidade de restabelecer o relacionamento com o presidente. E Chateaubriand disse: "Olha aqui, eu acho que o presidente está querendo comunizar o Brasil com a questão da Petrobras. Se ele voltar atrás na Petrobras, eu tiro o Lacerda da televisão e entrego todas as televisões do Brasil a ele". E o meu pai foi ao Getúlio,

que disse: "Isso eu já sabia há muito tempo, mas eu não vou voltar atrás. Vou manter a Petrobras em toda a sua plenitude".

Dornelles não nega o peso que a CPI da *Última Hora* teve na crise que envolveu Getúlio Vargas. Mas dá primazia ao petróleo e à posição nacionalista de Getúlio, colocando em segundo lugar a CPI:

Primeiro, o grande interesse econômico que existia, naquela época, era o problema do petróleo. Toda a imprensa tinha uma posição muito forte contra a Petrobras. Os jornais do Chateaubriand praticamente dominavam a imprensa brasileira, e o governo não tinha apoio nenhum na condução dessa política, que vamos chamar de nacionalista. Nessas horas, sempre aparecem pessoas que se propõem a atuar em conformidade com as políticas do governo. O Wainer, que era uma pessoa inteligentíssima, um grande jornalista, o que fez? Montou o jornal *Última Hora* e recebeu empréstimos do Banco do Brasil, como todos os jornais recebiam. Mas ele deu tal dimensão ao *Última Hora* que o jornal estava marchando para ser o número 1 da imprensa brasileira.

A reação dos demais órgãos de imprensa foi feroz:

Logo, os concorrentes – isso é normal – protestaram, gritaram, levantaram os empréstimos, as facilidades, descobriram alguns problemas. Foram mexer na vida do Wainer e descobriram que ele não tinha nacionalidade brasileira, o que era necessário para uma pessoa comandar um jornal. Foi feita a CPI, mas houve um erro de cálculo na montagem da CPI porque o próprio Wainer pediu que uma CPI fosse solicitada. Ele esperava que descobrissem financiamentos para todos os outros jornais.

E Dornelles continua:

Montaram mal a CPI. O Castilho Cabral, um deputado, que era do governo bandeou-se para o outro lado. Houve omissão. A imprensa fazia pressão. Os parlamentares que entraram para dar cobertura ao governo recuaram, e a CPI foi noutra direção. Cada fato que acontecia na CPI ocupava toda a imprensa no dia seguinte, de modo que o presidente Vargas perdeu o controle. No dia 24 de agosto, como eu disse, se tivessem dado ordem ao general Denys, não aconteceria aquilo. Ele teria todas as condições. O fato é que Getúlio, naquela tensão, com a imprensa contra, sentindo que não tinha o apoio do Ministério – a pior coisa que pode ocorrer a um presidente da República é sentir que está sem apoio das pessoas em torno dele –, tomou a decisão de escrever a carta-testamento.

No auge dos acontecimentos, entrou em cena o ministro Zenóbio da Costa, pelo que tudo indica assumindo um papel traiçoeiro. Ele foi ao Ministério do Exército, comunicou aos 13 generais que haviam assinado o manifesto que Getúlio concordava em entrar com um pedido de licença, mas que não voltaria mais. Ninguém sabe se Zenóbio vendeu essa ideia aos generais – de que o presidente iria pedir licença e não voltaria – para eles não exigirem uma renúncia, ou se era sua intenção dar uma licença para o Getúlio não voltar mais.

E aí veio a tragédia, narra Dornelles:

O general Âncora, que estava na reunião, saiu e foi ao Palácio do Catete. Comunicou ao Benjamin Vargas o que ocorreu: "Olha aqui, o Zenóbio traiu o presidente. Ele disse que essa licença não é para valer e não vai permitir que o presidente volte". Quando o Bejo comunicou isso ao Getúlio, houve o suicídio.

Antes do tiro no peito – que ocorreu às 8h30 do dia 24 de agosto – Tancredo havia sugerido lidar com os golpistas, aprisionando-os e decretando estado de sítio, de acordo com as garantias dadas pela Constituição de 1946, mas essa opinião não foi considerada. No velório de Vargas, ele discursou reforçando o apoio que o estado de Minas Gerais dera ao presidente durante a crise.

No livro *Carlos Castelo Branco – o jornalista do Brasil*, Pedro Jorge de Castro diz que, encerrada a reunião ministerial do dia 23 de agosto, Getúlio subiu as escadas para ir em direção a seu apartamento no Palácio do Catete. Neste momento, despediu-se do ministro da Justiça, tendo entregado a Tancredo uma caneta Parker-21 de ouro, afirmando, momentos antes de se matar: "Para o amigo certo das horas incertas". Hoje, o detentor dessa Parker é o deputado Aécio Neves.

# CAFÉ E LOTT

Café Filho assumiu a presidência logo após a morte de Getúlio Vargas, do qual era o vice-presidente. A partir de então houve no Brasil dois grandes movimentos. Um deles, liderado por generais de grande prestígio no exército – Juarez Távora, Álvaro Fiúza de Castro, Canrobert Pereira da Costa – procurava um caminho para minar a eleição de Juscelino Kubitscheck e, caso esta ocorresse, uma forma para impedir a posse do ex-governador de Minas. Outro grupo se organizava visando à realização da eleição, à vitória e à posse de JK.

Em janeiro de 1955, esses generais assinaram um documento lido por Café Filho, atestando a oposição de membros das Forças Armadas a JK e Jango, e pregando a necessidade de encontrar outro candidato civil que gerasse a União Nacional e contasse com a aprovação da hierarquia militar.

Os juscelinistas responderam antecipando a convenção do PSD e lançando JK para a presidência da República. "Deus poupou-me do sentimento de medo", foi a resposta do político mineiro ao documento dos generais lido por Café Filho. A legenda de seu vice, João Goulart, visto como simpático ao comunismo, era o Partido Trabalhista Brasileiro (PTB).

Para aumentar ainda mais o clima de instabilidade no país, em 5 de agosto, primeiro aniversário da morte do major Rubens Vaz, o general Canrobert, que fora ministro da Guerra do general Eurico Gaspar Dutra, proferiu um longo discurso no Clube da Aeronáutica, pedindo a punição dos culpados pelo assassinato do militar aviador. Segundo ele, os costumes políticos tinham que ser modificados, porque o país vivia um período de falsidade democrática e pseudolegalidade.

Clóvis Salgado, que assumiu o governo de Minas com a desincompatibilização de JK, teve uma posição muito firme de apoio à candidatura do ex-governador de Minas. Sob sua coordenação, foi montada em seu estado uma operação de guerra. A polícia mineira tinha aproximadamente 20 mil homens armados. O comandante da Região Militar sediada em Juiz de Fora, o general Antônio José de Lima Câmara, era ligado ao movimento que visava a dar posse ao Juscelino.

Juscelino foi eleito democraticamente em 3 outubro de 1955 pela coligação PSD, PTB, PR, Partido Trabalhista Nacional (PTN), Partido Social Trabalhista (PST) e Partido Republicano Trabalhista (PRT), com 35,68% dos votos válidos, a menor votação de todos os presidentes eleitos de 1945 a 1960. Com Juscelino também fora eleito o temido "comunista" Jango, seu vice-presidente. Juarez Távora, o candidato derrotado da UDN e de dissidentes do PSD, PDC, PSB e PL, ficara com 30,27%. Adhemar de Barros, do PSP de São Paulo, obteve 25,77 dos votos.

No Rio, a crise crescia. O movimento juscelinista pressionava o general Lott, respeitado como um férreo legalista, para que garantisse a posse de Juscelino.

Lott, como já disse, era o ministro da Guerra, e o general Odylio Denys, que fora getulista, era o comandante do 1º Exército. Denys sabia dos movimentos todos nas Forças Armadas, e organizava uma ação preventiva. Ninguém queria depor Café Filho, mas queria evitar qualquer movimento que impedisse a posse de Juscelino Kubitschek.

De acordo com Dornelles, o ministro Lott foi o homem certo, em determinado lugar, em determinado tempo: "Era aquele militar que olhava para o regimento, para a lei, não tinha partido político nenhum. Acordava às 5 horas da manhã, fazia ginástica, dormia às 8 horas da noite. Não ia a lugar nenhum, não conversava".

Dornelles conta que se lembra bem de que, ainda em 1954, houve uma reunião na casa de Tancredo, com Antônio Balbino (político baiano, que foi governador da Bahia, ministro e senador), da qual participaram Amaral Peixoto e mais umas seis pessoas. Ele esteve presente à reunião, na qual Balbino afirmou: "Não vão dar posse ao Juscelino (na ocasião, governador de Minas Gerais, mas já candidato à presidente). Agora é golpe". Mozart Dornelles retrucou: "Olha aqui, eles vão ter uma grande dificuldade em dar um golpe com Lott no Ministério da Guerra".

Lott nomeara Mozart Dornelles para o 3º Regimento de Infantaria em São Gonçalo. A família, como foi dito, morava na Tijuca, na rua Professor Gabizo, 293, e a casa embaixo "tinha um salão enorme, um porão, que começou a ser quase que um quartel-general dos grupos que se encontravam para garantir a posse de Juscelino. Uma espécie de exército pró-Juscelino".

Em 31 de outubro, morreu o general Canrobert Pereira da Costa. E aí houve uma tentativa de golpe de Estado, encabeçado por alguns militares e pelos caciques políticos da União Democrática Brasileira (UDN). No dia 1º de novembro, o coronel Jurandir de Bizarria Mamede fez um discurso no cemitério defendendo uma intervenção militar contra a vitória de JK e de Jango, contrariando as regras estabelecidas pelo ministro da Guerra de Café Filho, ou seja, Henrique Teixeira Lott. Eis alguns trechos do discurso de Mamede no enterro do colega:

> General Canrobert (...) Aqui estamos, camaradas e amigos do Clube Militar à beira do seu túmulo recém-aberto (...) Não será por acaso indiscutível mentira democrática um regime presidencial que, dada a enorme soma de poder que concentra em mãos do executivo, possa vir a consagrar, para investiduras do mais alto mandatário da nação, uma vitória da minoria?

Presente à solenidade, Lott resolveu punir o coronel Mamede, que naquela época estava vinculado à Escola Superior de Guerra. Somente o presidente Café Filho poderia puni-lo. No entanto, no dia 3 de novembro, Café sofrera um distúrbio cardiovascular. No dia 8 de novembro, encontrava-se internado no Hospital dos Servidores, em razão da doença, e informou que os médicos o haviam aconselhado a se afastar do cargo por tempo indeterminado. "Na realidade", diz Dornelles, "até hoje ninguém sabe se ele estava realmente tão doente ou não".

Resultado: neste mesmo dia 8 de novembro, assumiu a presidência do país Carlos Luz, presidente da Câmara, que fazia parte do grupo golpista contra Juscelino: "Achava-se que Carlos Luz, assumindo, teria, como mineiro, mais condições de coordenar o movimento contra a candidatura vitoriosa de Juscelino e, se possível, até impedir a posse"

Aqui entramos nos famosos dias 10 e 11 de novembro de 1955. Lott foi a Carlos Luz, no Palácio do Catete, para pedir a punição do coronel Bizarria Mamede, mas o presidente disse que, para tomar uma decisão, teria que ouvir antes o consultor-geral da República, Temístocles Cavalcanti. Lott argumentou, então, que o caso era de âmbito do Exército, e não jurídico, mas o presidente não cedeu. Marcaram uma nova reunião para o dia seguinte, 10 de novembro, às 18 horas.

Foi quando o presidente da República deixou o ministro do Exército sentado numa cadeira, esperando para ser atendido. A Rádio Nacional dizia a todo momento: "O general Lott está há duas horas sentado na antessala do presidente". Todas as rádios noticiavam a situação. Naquela época, um ministro da Guerra ficar esperando na antessala de um presidente da República era uma agressão ao Exército. Quando finalmente recebeu Lott, Carlos Luz disse que, com base no parecer do consultor-geral da República, não ia punir o coronel Mamede. Lott apresentou então sua carta de demissão a Luz – o que era justamente o que os antijuscelinistas queriam – e ficou acordado que seria substituído no

Ministério da Guerra pelo general Álvaro Fiúza de Castro. A posse de Fiúza de Castro ficou combinada para o dia seguinte. Só que já na madrugada do dia 10 para o dia 11, o general Odylio Denis entrou em ação.

Tendo mobilizado todos os generais a favor da posse da Juscelino, Denys foi à casa de Lott bem cedo, solicitando que ele não pedisse demissão: "O Exército não aceitou a sua exoneração, e nós vamos entrar no movimento, de modo que seria muito importante que você ficasse à frente". Com isso, Lott assumiu o comando do movimento, que deporia Carlos Luz e daria posse na presidência a Nereu Ramos, presidente do Senado. Ainda no dia 11, houve um episódio quase cômico: Carlos Luz, alguns ministros, Carlos Lacerda, Mamede e outros políticos e oficiais conservadores se refugiaram no cruzador Tamandaré, saindo rumo a Santos para organizar em São Paulo a resistência à ação dos militares antigolpistas. A ideia, no entanto, não funcionou, pois o general Olympio Falconière da Cunha partiu de carro para São Paulo, a fim de garantir o sucesso do movimento legalista.

Deputados brasileiros confirmaram a deposição de Carlos Luz, alegando que estaria ligado aos conspiradores que queriam impedir a posse de Juscelino. Às 18h30min do dia 11, Lott empossou Nereu Ramos, presidente do Senado Federal, na presidência da República, posto no qual ficaria de 11 de novembro a 31 de janeiro de 1956. Café Filho ainda tentaria voltar para seu antigo posto, mas foi impedido por um *impeachment* aprovado pela Câmara e pelo Senado nos dias 21 e 22 de novembro. Em janeiro de 1956, Nereu Ramos empossaria, democraticamente, Juscelino Kubitschek e João Goulart na presidência e vice-presidência do país.

No tocante à família Dornelles, nesse período de golpes e contragolpes, houve um pequeno contratempo vivido por Mozart Dornelles. Vamos dar novamente a palavra a Francisco Dornelles:

> Meu pai, embora subcomandante, no dia 10 de novembro estava no comando do 3º Regimento de Infantaria de São Gonçalo. O general Denys deu ordem a ele para que trouxesse o Regimento para o Rio por volta das 10h, 11h da noite. Ele mobilizou o 3º RI, não quis atravessar as barcas, com medo de a Marinha o interceptar, veio por Magé e entrou no Rio. O 3º RI ocupou a frente do Ministério do Exército no Campo de Santana. Ocupou, o movimento foi vencedor, e Lott chamou o meu pai – que estava à frente do 3º RI – e perguntou a ele: "Diga-me uma coisa. Como é que você trouxe o 3º Regimento de Infantaria de Niterói ao Campo de Santana em 5 minutos?" Meu pai respondeu: "Eu não sei em que tempo eu trouxe o Regimento, mas eu realmente..." E Lott afirmou, então: "O senhor trouxe o Regimento antes de receber a minha ordem".

Para puni-lo, Lott tirou Mozart Dornelles do Regimento e, durante todo o tempo em que Juscelino foi presidente e Lott seu ministro da Guerra, Mozart foi designado para comandar apenas uma CR (Certificado de Registro, órgão subordinado ao Comando Logístico do Exército).

Diz o filho:

> Meu pai só voltou para o Gabinete Militar quando o general Denys se tornou ministro da Guerra de JK em 1960. Durante todo o período em que Lott ocupou o posto, ele achou que meu pai havia descumprido uma ordem. Mal sabia Lott que em todo

o Brasil tinha sido assim, ou seja, que as ordens para resistência tinham sido um comando geral do general Denys. Quando ele, Lott, ministro da Guerra em 1955, decidiu assumir o comando das tropas, o movimento já estava pronto.

Dornelles lamentou, na ocasião, a atitude de Lott em relação ao pai.

# NUNCA AOS SÁBADOS

Juscelino tomou posse em 1956, tendo João Goulart como vice-presidente, mas Dornelles praticamente não acompanhou a administração do cirurgião de Diamantina, que fora prefeito de Belo Horizonte e governara Minas, pois ganhara uma bolsa de estudos e tinha ido para a Universidade de Califórnia fazer um curso de extensão. Como não terminara ainda a Faculdade de Direito, estudou nos EUA como *undergraduate*. Em Los Angeles, trabalhou no consulado brasileiro. Só voltou em 1958.

Enquanto se encontrava no exterior, os familiares continuavam no poder. O tio Ernesto Dornelles fora nomeado ministro da Agricultura de JK. Com apenas 21 anos, Dornelles chegou a trabalhar com esse irmão do pai no Ministério da Agricultura pouco antes de partir para a Califórnia. Tancredo, que apoiara a candidatura de JK desde início, era o presidente da Carteira de Redesconto do Banco do Brasil, carteira essa que tinha funções próximas das que viria a ter futuramente o Banco Central. Depois, Tancredo seria convidado pelo governador Bias Fortes para ser secretário de Finanças em Minas.

O café era o grande item de exportação do Brasil, correspondendo a 70%-75% da receita cambial do país. Minas era o principal estado exportador e a produção era escoada pelo porto do Rio de Janeiro, onde era coletado o Imposto de Exportação. Por isso, Minas tinha uma Delegacia Fiscal no Rio de Janeiro, comandada pelo dr. Ernani Paturi, amigo de Tancredo.

Dornelles conta:

> Assim que cheguei dos Estados Unidos, em 1958, Tancredo, já secretário de Finanças do governador Bias Fortes, me designou para ser o subchefe da Delegacia Fiscal de Minas no Rio de Janeiro, cujo chefe era o dr. Ernani Paturi. A sede da delegacia ficava na praça Mauá. A arrecadação do imposto de exportação era a principal fonte de receita de Minas.

De 1958 a meados de 1960, além de se ocupar com as tarefas na Delegacia Fiscal de Minas, trabalhava também na Confederação Nacional da Indústria (CNI), dava aulas no Instituto Brasil Estados Unidos (IBEU) e à noite estudava na Faculdade de Direito.

Na CNI era estagiário no Departamento Econômico, chefiado por um economista alemão chamado Hans Goldman. Sua função, explica, "era dar pareceres em processos apresentados ao Congresso sobre os quais a indústria brasileira tinha muito interesse no acompanhamento, ou seja, na tramitação".

Uma historieta ocorrida na CNI, em 1960, o marcou muito. O deputado Ranieri Mazzilli apresentou um projeto acabando com o expediente nas repartições públicas aos sábados, pela manhã. Dornelles apoiou a ideia em seu parecer. Goldman disse a Dornelles que gostara muito do parecer, mas fez a seguinte observação, com base na experiência que tinha de Brasil:

> Minha experiência me faz rejeitar seu parecer O expediente aos sábados não tem nenhuma produtividade. Mas, conforme o que eu conheço dos brasileiros, se este expediente acabar, o funcionário público não irá mais trabalhar na sexta à tarde.

E foi o que aconteceu depois que o projeto foi aprovado, comenta Dornelles:

> Hoje, quando volta e meia eu telefono para uma repartição na sexta à tarde, a secretária me diz: "Fulano foi ao dentista"; "O secretário está falando com o presidente da República". Obviamente, não é verdade. Em outras palavras, o expediente de sexta-feira à tarde, como Goldman havia previsto, não existe mais...

O alemão Hans Goldman, chefe do departamento econômico da CNI, fugira dos tenebrosos tempos de Hitler e naquela ocasião estava no Brasil há uns 30 anos.

Em agosto e setembro de 1960, Dornelles se afastou temporariamente das atividades que exercia no Rio porque foi para Minas ajudar Tancredo na campanha para governador do Estado:

> Tive uma atuação de braço direito, secretário particular, assim como Aécio teria depois na campanha de Tancredo para presidente durante a eleição no Colégio Eleitoral em 1984, 1985. Ninguém admitia a possibilidade de Tancredo ser derrotado. Ele tinha o apoio de quase todos os prefeitos em Minas, deputados

estaduais e federais. Foi lançado pelo PSD e Magalhães Pinto saiu pela UDN...

Houve um imprevisto, porém:

Certos grupos do PSD não tinham interesse na vitória do Tancredo. E lançaram uma chapa dissidente capitaneada pelo José Ribeiro Pena (PSP), que tinha José Maria Alckmin como vice (PDC), contra a chapa de Tancredo (PDS) e Clovis Salgado (PR). Magalhães adotou uma estratégia inteligente a respeito da governança. PTB e PR lançaram candidatos para vice-governador. Só Magalhães não tinha candidato para vice-governador. Naquela época podia. Alguém do Magalhães procurava o PR e dizia: "Se vocês votarem no Magalhães, nós votamos no Clóvis Salgado". E no PTB dizia: "Se votarem no Magalhães, nós votamos no San Tiago Dantas"... E isso enfraqueceu muito a candidatura do Tancredo. Porque Magalhães pegou grande parte da votação do PR e do PTB.

Há ainda uma explicação para o enfraquecimento da candidatura de Tancredo que costuma ser citada em análises sobre seu insucesso, mas que Dornelles não gosta de mencionar. É a seguinte: na gestão da Secretaria de Finanças, para fortalecer as finanças de Minas, Tancredo teria criado uma frota de veículos que percorria as regiões produtoras do estado a fim de fazer cobranças, multando os contribuintes atrasados e punindo os infratores. Em suas caravanas eleitorais, Magalhães Pinto costumava dizer: "Em vez de jipes de fiscalização, eu vos enviarei caminhões de produção".

Sem falar que uma causa óbvia para a perda de Tancredo nas eleições de Minas em 1960 foi o fato de Jânio Quadros ter "puxado tremendamente a votação do Magalhães", como destaca Dornelles:

> Jânio era candidato à presidência do Brasil, E tomou conta do Brasil. Tocou as massas. Era um candidato fácil de carregar com aquela vassourinha. Apoiado por uma coligação de partidos (PTN/UDN/PR/PL/PDC), ele puxou em Minas a candidatura de Magalhães.

Enfim, o candidato do PSD foi derrotado. Verdadeiro desastre para Tancredo. Além das falhas operacionais mencionadas, houve a devastação causada por Jânio Quadros, com seu carisma, sua demagogia:

> A candidatura de Jânio era muito forte, Jânio passou como um verdadeiro furacão. E Lott fez uma campanha para presidente da República muito fraca, que não cresceu. A candidatura para presidente tinha reflexo na candidatura do governador, por ser uma eleição casada. Foi de repente, sem que ninguém esperasse, já que não havia institutos de pesquisas sofisticados como hoje, que a candidatura de Magalhães se mostrou vitoriosa. Além do fator Jânio Quadros, pesou também o fato de sua campanha ter sido brilhantemente conduzida pelo José Aparecido de Oliveira, um gênio político. Às vezes acho que Tancredo só digeriu essa derrota em seu estado natal quando foi eleito governador de Minas em 1982.

Desde essa época, Dornelles começou a sentir a necessidade de que a data da eleição presidencial não coincidisse com a data da eleição para governador. Ele viria a defender futuramente essa tese no Congresso Nacional, sem ter, no entanto, obtido sucesso para sua aprovação.

# LONGE DE MINISTROS
# E RENÚNCIA DE JÂNIO

Ainda sobre a campanha de Tancredo para o governo de Minas em 1960, Dornelles comenta que houve uma situação "pequena e boba" que gostaria de narrar, pois nunca a esqueceria e nortearia para todo o sempre seu comportamento com relação a ministros e presidentes da República.

Ia acontecer um comício no Norte de Minas, em Teófilo Otoni ou em Governador Valadares. O presidente da República, Juscelino Kubitschek, deu uma passada na casa de Tancredo em Belo Horizonte, acompanhado de Guilhermino de Oliveira, deputado federal por Minas Gerais. Maria Isar Bia Fortes, filha do governador Bias Fortes, ligara para a casa de Tancredo deixando um recado. Queria saber se Juscelino, que iria a um comício em Barbacena, confirmava a presença numa serenata que ela estava organizando. De acordo com Isar, pessoalmente estava sofrendo a pressão de vários ministros, que queriam ir também, por causa do presidente da República. E ela desejava saber se poderia convidá-los para participarem da festividade.

Dornelles, que estava com 25 anos, "se supervalorizando", como ele mesmo diz, resolveu repassar a pergunta de

Isar a Juscelino: "Presidente, Isar Bias Fortes está perguntando se pode convidar alguns ministros para a serenata em Barbacena..."

Juscelino então perdeu a calma e afirmou:

> "Dornelles, você vai dizer a Isar que, se ela me cobrar mais uma vez a minha participação nesta serenata, eu não vou. Em relação a convidar ministros... de jeito nenhum. Presidente da República tem horror a ministro. Cada vez que olha um ministro aparecem logo mil problemas que ele tem que solucionar. Dr. Getúlio dizia também que não gostava de levar ministro com ele. Não gostava de ter ministro por perto".

Esta fala de Juscelino sobre ministros deixaria uma marca indelével em Dornelles:

> As vezes em que fui ministro de Sarney, Fernando Henrique, e mesmo como secretário da Receita Federal do Galvêas, eu nunca me aproximei deles (dos presidentes ou dos ministros), a não ser quando chamado. Fiz com eles uma grande amizade. Mas sempre me lembrava da frase de Juscelino: "Presidente da República odeia ministros". Aproximava-me, portanto, com muita cautela. Com isso, fiquei muito amigo dos ministros com os quais trabalhei e dos presidentes da República.

Após a malsucedida campanha de Tancredo em Minas, Dornelles largou a CNI e a Delegacia Fiscal de Minas e, já formado em Direito, passou a trabalhar num escritório de advocacia penal e fiscal com o advogado Jorge Tavares e o desembargador Humberto Manes:

> Eles me acolheram com a maior fidalguia e me abriram o caminho até para que eu pudesse ter sucesso na profissão.

O escritório ficava no Rio no Edifício da Avenida Central. Em 25 de agosto de 1961, quando Jânio anunciou sua renúncia, eu estava no Sindicato de Bancários juntamente com o advogado Agilberto Pires, participando de um movimento contra a renúncia de Jânio. Logo depois, no início de setembro, eu já sentia que Jânio estava definitivamente afastado e que o caminho seria defender a posse de Jango, que era contestada pelos militares.

Tancredo, depois do fracasso na eleição para governador em Minas, exerceria várias funções, entre elas ser diretor do Banco de Desenvolvimento Econômico (atual BNDES), a convite de Juscelino. No governo de Jânio, para aproximar-se do PDS, o então presidente dizia que ia indicá-lo para ser embaixador na Bolívia. O que fazia Tancredo dizer: "Acho que ele quer me matar, quer me mandar para a Bolívia. Com aquela altitude lá, tenho a impressão de que ele sonha com a minha morte".

A renúncia de Jânio à Presidência da República ocorreu em 25 de agosto. Dornelles se lembra de que estava na Granja do Ipê quando Carvalho Pinto, governador de São Paulo na ocasião (31 de janeiro de 1959 a 31 de janeiro de 1963), contou para os presentes um episódio ocorrido com Jânio logo após a renúncia:

> Fomos receber Jânio em Cumbicas e um dos presentes perguntou a ele: "Por que o senhor fez isso, presidente?" "Por que renunciou?"... E Jânio indagou: "O Congresso aceitou a renúncia...?" Explicaram: "Presidente, a renúncia é unilateral. O Congresso não tem que aceitar". E ele dizia, revelando que não estava nada bem: "Mas que Congresso? Mas que Congresso?"

É mais uma fase da história do Brasil, segundo Francisco Dornelles, que não está bem explicada, bem examinada. Ao receber o pedido de renúncia, o ministro da Justiça deveria simplesmente tê-la rasgado em vez de enviar a carta para o Congresso. Para demonstrar o quanto Jânio andava desnorteado, segundo contaram depois ministros militares, ele havia mandado um documento sigiloso a esses ministros pedindo que se preparassem para a invasão à Guiana. Ordem a ser seguida à risca. Foi um alívio, então, a renúncia de Jânio.

Mas acabou um problema e começou outro. Após a renúncia do presidente, os militares não queriam dar posse a Jango Goulart. Mozart Dornelles, em 1961, trabalhava no gabinete do general Odylio Denys, ministro da Guerra, mas pediu para ser demitido: "Tenho que pedir demissão ao senhor pelas minhas ligações com o João Goulart, com o Tancredo e outros familiares".

Fervoroso getulista, como já foi dito, o general Denys tinha horror ao vice-presidente de Jânio – "ele o responsabilizava pela morte de Vargas" – e era um dos que não queria dar posse a Goulart. Ele, o ministro da Marinha, Silvio Heck, e o ministro da Aeronáutica, Gabriel Moss, formaram uma espécie de junta militar que na prática governou o país enquanto o presidente da Câmara e presidente da República interino, Ranieri Mazzilli, esperava Jango voltar da China.

Nessa ocasião, já com relações estremecidas, o general Denys mandou prender Lott (prisão domiciliar) por ter escrito um texto, hostilizado pelos militares conservadores, defendendo a Constituição de 1946, que garantia a posse de João Goulart.

Duas pessoas tiveram um papel fundamental neste momento: Tancredo Neves, insistindo para que Goulart aceitasse o parlamentarismo, que seria instituído por meio de uma emenda parlamentar a ser aprovada pelo Congresso, e Brizola, com sua heroica campanha pela legalidade no Sul.

Tancredo tinha com o general Denys o melhor relacionamento (quando eleito presidente da República nomeou o filho do Denys, general Bayma Denys, para chefe de sua casa militar). Ele sempre procurou de forma pragmática encontrar soluções para as crises. Ninguém sabia o que ia ocorrer. Brizola teve uma posição corajosa de resistência, observa Dornelles, "posição essa que realmente o coloca entre os grandes líderes da política brasileira. Ele enfrentou as Forças Armadas e impediu um golpe de Estado".

Em Brasília, cobrava-se um sistema de conciliação ou compromisso. Era necessário que um grupo de deputados fosse até Montevidéu tentar convencer Jango de que naquele momento o parlamentarismo era a melhor solução. Acabou que o homem escolhido para realizar esta missão foi Tancredo Neves. Missão que realizou a contento, pois conseguiu convencer Jango.

Muitos historiadores dizem que Brizola esperava que Tancredo parasse em Porto Alegre para relatar sua conversa com Jango, e que então o governador do Rio Grande do Sul iria prendê-lo, já que era a favor do presidencialismo. Anos mais tarde o próprio Brizola confirmaria a Dornelles esta versão. Sim, pensara em prender Tancredo para evitar o parlamentarismo, mas Tancredo, na volta de Montevidéu, não parara em Porto Alegre. Fora direto para Brasília, lá chegando no dia 1º de setembro.

A emenda do parlamentarismo foi votada em 2 de setembro, João Goulart tomou posse na presidência em 7 de setembro e, no dia seguinte, enviou uma mensagem ao Congresso indicando Tancredo Neves para primeiro-ministro. O nome do experiente político mineiro foi aprovado por 259 votos contra 22. O primeiro gabinete parlamentarista, de conciliação nacional, teve como objetivo construir uma base política ampla, reconstruindo o diálogo entre os principais partidos do país.

Dornelles, na ocasião, foi trabalhar com Tancredo como secretário particular do presidente do Conselho de Ministros:

> No dia em que saiu minha nomeação, eu me considerei a pessoa mais importante do mundo. Imagine... ser secretário particular do presidente do Conselho de Ministros com apenas 26 anos!

Tancredo levou Dornelles a Jango dizendo: "Este é um gaúcho no Ministério". E Jango então afirmou: "Dornelles, você defenda o seu lugar". No dia 8 de setembro, Dornelles subiu a rampa do Planalto com Jango e Tancredo. Há uma fotografia dele ao lado do novo presidente do Brasil e do primeiro-ministro do regime parlamentarista, além de vários outros políticos e autoridades.

# NO PODER, MAS SEM CARTÕES

No Ministério da Conciliação, do qual participaram a UDN, o PTB e o PRP do Adhemar de Barros, o banqueiro Walther Moreira Salles era o ministro da Fazenda, sem partido. A situação financeira do país enfrentava uma fase extremamente difícil. A pressão inflacionária estava elevada. Havia uma agitação sindical radicalizada, com os sindicatos defendendo bandeiras e teses que traziam grande insegurança jurídica para os que desejavam investir. E a Reforma Agrária incendiava o campo.

Por outro lado, havia também o problema de Cuba, provocado pela decisão dos EUA de expulsar Cuba da Organização dos Estados Americanos (OEA). Dos 21 países latino-americanos do órgão, 14 votaram a favor. O governo brasileiro ficou dividido quanto à questão. Finalmente optou pela abstenção, ao lado da Argentina, Chile, Bolívia, Equador e México. A expulsão da ilha governada por Fidel Castro ocorreu em 1962, tendo os Estados Unidos alegado na ocasião o desrespeito aos direitos humanos e o caráter socialista da revolução cubana. Cuba só voltaria a participar da organização 47 anos depois. E havia também o problema do reestabelecimento das relações com a Rússia e com a China.

De forma que foi muito difícil inicialmente administrar o país. Tanto o presidente como o primeiro-ministro nem sabiam como dividir as funções entre si, quais as competências de cada um, porque elas não haviam sido delineadas, e cada equipe puxava o poder para si. Jango então foi à Granja do Ipê conversar com Tancredo. Tiveram uma conversa franca e chegaram a um acordo. Jango disse a Tancredo que queria partilhar das decisões na área do Ministério da Fazenda, a cargo de Walther Moreira Salles; do Ministério de Viação e Obras Públicas, que ficaria com Virgílio Távora; Trabalho e Previdência Social, sob responsabilidade de André Franco Montoro; Relações Exteriores, cujo ministro seria San Tiago Dantas, e também queria ficar com a Petrobras. "O resto você toca com os ministros que você escolher", teria dito ele a Tancredo.

Um "resto" bem grande, já que eram em número de oito os demais ministérios: a pasta de Educação estava a cargo de Antônio Ferreira de Oliveira Brito; a de Agricultura, nas mãos de Armando Monteiro Filho; Ulysses Guimarães era o ministro da Indústria e do Comércio; Estácio Gonçalves Souto Maior, o da Saúde; o ministério de Minas e Energia estava a cargo de Gabriel Passos; o ministro da Guerra era o general João de Segadas Vianna; o da Marinha, o almirante Ângelo Nolasco de Almeida, e o da Aeronáutica, o brigadeiro Clóvis Monteiro Travassos.

A imprensa fez uma brincadeira com a divisão de poderes. Tancredo teria dito a Jango: "Eu fico com Minas e você com o Brasil". Afirmação que obviamente foi desmentida com veemência.

Tancredo, comenta Dornelles, sempre foi uma pessoa muito firme. De trato educado, mas de imensa coragem. E nunca procurou pompa. "A pompa e o poder", acentuava, "são incompatíveis. Quem gosta de pompa nunca terá poder". "Ele conseguiu", diz ainda Dornelles, "abrindo mão de pompa, conduzir o regime parlamentarista com muita tranquilidade".

Como secretário particular do presidente do Conselho de Ministros, Dornelles viveu uma situação curiosa, que foi resolvida com sabedoria e simplicidade por Tancredo. Sem ser conhecido no meio político, ele achou-se com o direito de ir ao Brasília Palace Hotel, que fica até hoje ao lado do Palácio da Alvorada e é muito frequentado por deputados e senadores. Chegando lá, encontrou um rapaz, Odilon Pessoa, distribuindo cartões nos quais estava escrito que ele, Odilon, é quem era o secretário particular do presidente do Conselho de Ministros. Por causa disso estava sendo muito festejado. Chegou até mesmo a entregar um cartão a Dornelles, que não assimilou bem a entrega. Depois, na Granja do Ipê, onde estava hospedado, durante o café da manhã, Dornelles mostrou o cartão a Tancredo, que lhe disse:

"Esse cargo não é seu?" Eu disse que "sim". "Você está contente com ele?". "Sim, estou contente". "E o Odilon, que estava distribuindo os cartões, também não estava contente?" Ele estava radiante, afirmei. "Então o problema está resolvido", afirmou Tancredo. "Ele está contente porque ele pensa que é o secretário e você está contente porque é o secretário. O Odilon é um bom amigo. Deixa ele para lá, distribuindo os cartões dele, e você não faça cartões com o seu nome."

E assim o assunto foi resolvido. "Eu era secretário sem cartão e Odilon distribuía os cartões sem ser secretário", comenta Dornelles.

Outra experiência vivida por ele quando Tancredo era primeiro-ministro e da qual não se esquece refere-se ao que aconteceu durante a criação da carreira de postalistas nos Correios e Telégrafos. Foram criados aproximadamente 5 mil cargos que seriam preenchidos de maneira interina, isto é, sem concurso, com divisão por estado. Em cada estado, haveria um número de indicações proporcionais entre partidos: PSD, PTB e UDN. O ato que oficializava a indicação teria que ter 3 assinaturas, a de Jango, presidente da República; a de Tancredo, primeiro-ministro, e a de Virgílio Távora, ministro da Viação e Obras, ao qual estavam vinculados os Correios e Telégrafos.

"Foi uma festa em Brasília", comenta Dornelles.

Os deputados conseguiam papel de nomeação, creio que no próprio Palácio do Planalto, preparavam os atos de nomeação e ficavam principalmente nos aeroportos à espera da chegada de Jango e dos ministros para que eles assinassem os documentos. Jango, Tancredo e Virgílio ficavam numa posição delicada, recusando-se a assinar. Foi então estabelecido o seguinte esquema com o doutor Brito Pereira, que era presidente da Imprensa Oficial: cada ato que chegasse à Imprensa Oficial com as assinaturas de Jango, Tancredo e Virgílio não seriam publicados, ficando guardados com Brito Pereira. Para serem publicados, além das assinaturas do presidente e dos ministros, tinham que ser rubricados por Dornelles, Luís Araújo, sub-chefe do gabinete de Jango, e por José Maria, secretário particular de Virgílio Távora.

O esquema montado permitiu que o presidente e os ministros assinassem quaisquer atos que lhes fossem levados pelos deputados, relativos à nomeação de postalistas dos Correios e Telégrafos, já que não seriam publicados. Com o tempo, os efeitos do esquema mencionado foram sentidos pelos parlamentares. Criou-se, então, um outro caminho. Cada parlamentar ligado aos partidos que apoiavam o governo enviavam um documento, dirigido ao presidente da República e ao ministro de seu partido, com cinco nomes para que fossem nomeados postalistas. "Os do PSD, por exemplo, eram enviados ao Tancredo, que fazia a triagem, cabendo a mim assessorá-lo nesse trabalho", afirma Dornelles.

Só que ocorreram algumas situações atípicas. Um assessor do deputado José Maria Alckimin trouxe uma carta assinada pelo parlamentar indicando cinco nomes. Dias depois, o deputado ligou para Dornelles dando cinco nomes para serem nomeados:

> Examinando a carta, telefonei para Alckimin dizendo que os nomes que me ditara pelo telefone não eram os mesmos que estavam na carta. "É isso mesmo", disse o deputado, "na política carta é rotina. O que vale é a conversa".

Dornelles observou: "O ministro Tancredo diz com frequência que tudo que é seu, deputado, deve ser prioridade e eu tenho receio de que ele pense que eu alterei os nomes indicados pelo senhor." Ao que Alkimin retrucou: "Se o Tancredo diz que tudo que é meu é prioritário, o jeito de solucionar esse impasse é a nomeação de dez nomes, os cinco que estão na carta e os cinco que ditei pelo telefone". "Levei o caso ao Tancredo que, sem querer brigas, resolveu o impasse nomeando os dez nomes indicados por Alkimin".

Numa outra vez, Dornelles recebeu um telefonema do Brito Pereira, o diretor da Imprensa Oficial, informando que a deputada Ivete Vargas queria impedir a rodagem do Diário Oficial que não contivesse os nomes por ela indicados para postalistas no estado do Rio de Janeiro. Segundo ela dizia, furiosa, todas as nomeações no Rio estavam sendo indicadas pelo deputado Jose Gomes Talarico.

Sentindo-se um pouco responsável pelo problema, Dornelles ligou para Tancredo. E este afirmou: "Você cuida das nomeações de Minas e não se meta no Rio, o problema do Rio não é meu." Ante a resposta do primeiro-ministro, Luís Araújo, sub-chefe do gabinete da Presidência, levou o caso a Jango, que explicou: "É isso mesmo. O Talarico levou uma surra do pessoal do Lacerda no aterro do Flamengo porque era meu amigo. De modo que eu não abro mão. Todas as nomeações para postalistas do Rio vão ser indicadas pelo Talarico."

"Mas o que faço com a Ivete?", indagou Luís Araújo ao Jango. O presidente disse, então: "Peça ao Brito Pereira para tratar bem a Ivete, prometa atendê-la de maneira parcelada. Nomeie dois nomes para São Paulo e diga que as outras indicações feitas por ela serão examinadas nos próximos 20 dias".

O entendimento com a deputada deu certo. O *Diário Oficial* foi rodado com dois nomes indicados por Ivete Vargas para postalista em São Paulo e os nomes indicados pelo deputado Talarico para o Rio.

# NA UNIVERSIDADE DE NANCY

Quando assumiu o parlamentarismo, Tancredo no fundo tinha a noção de que o regime parlamentarista não ia sobreviver por muito tempo. Muita gente era contra. Juscelino era contra. Lacerda era contra. Brizola era contra, Magalhães Pinto era contra. Quer dizer, importantes lideranças políticas do país eram a favor do presidencialismo. Até porque era grande o interesse entre os políticos de se candidatar futuramente para presidente.

"Creio", comenta Dornelles, "que Tancredo não queria que o parlamentarismo morresse nas mãos dele. Anunciou então que teria de se desincompatibilizar em junho de 1962 para disputar uma vaga para deputado federal por Minas. Quando chegou a Belo Horizonte, ao sair do avião, uma jornalista indagou: 'O senhor pode me dizer qual foi a grande obra feita por seu gabinete parlamentarista?' 'Meu gabinete vai passar para a História não pelo que fiz, mas pelo que eu impedi que fosse feito', foi a resposta. Ele foi em 1962 o segundo deputado federal mais votado em Minas".

O parlamentarismo vigorou de 1961 a 1963. Depois de Tancredo, foi indicado para presidir o Conselho de Ministros San Tiago Dantas, mas o programa de seu gabinete não foi aprovado; em seguida, houve uma tentativa com Auro de Moura Andrade, cujo gabinete também não foi aprovado. Francisco de Paula Brochado da Rocha seria o segundo primeiro-ministro, tendo ficado no poder de 2 de julho de 1962 a 18 de setembro de 62. Seria substituído por Hermes Lima, porém o regime parlamentarista já estava muito enfraquecido. Com a realização do plebiscito em janeiro de 1963, o presidencialismo, aprovado por uma maioria de mais de 80% dos eleitores, voltaria a vigorar em plenitude.

Durante o período em que ficou no gabinete do primeiro-ministro da presidência, Dornelles fez boas conexões políticas com o senador Camilo Nogueira da Gama (PTB de Minas), e com o ministro San Tiago Dantas, também do grupo do PTB. Por isso, havia decidido disputar a vaga de deputado estadual pelo PTB de Minas. Seu nome chegou a ser levado à Convenção do partido. Mas, ao mesmo tempo, candidatou-se à Universidade de Nancy, na França, e ganhou uma bolsa para estudar finanças públicas. De modo que passou alguns meses sem saber o que fazer, se disputava a deputação ou se ia para Nancy.

A avó Antonina, dona Sinhá, com a qual havia morado muitos anos, preferia que o neto se tornasse deputado e ficasse em São João del-Rei. Mas Tancredo foi contra. Preferia que o sobrinho fosse para a França, porque não criaria problema político para ele em São João del-Rei. Com isso, Tancredo decidiu interferir na decisão do sobrinho:

> Um dia o San Tiago Dantas me chamou ao Hotel Nacional – acredito que tenha sido a mando do Tancredo – e me pergun-

tou: "O senhor continua em dúvida entre Nancy e a deputação estadual?" E ele me disse que se eu não fosse para Nancy naquela ocasião, eu nunca mais teria oportunidade de ir. Já se eu tivesse que ser político um dia, nada impediria que eu fosse... Tomei portanto a decisão e fui para Nancy, onde fiquei de 1963 até o final de 1964.

Não foi uma má decisão: "Para mim foi um período muito importante, no qual estudei muito. Integrei-me à vida universitária. Viajei por toda a Europa de trem..."

Nancy tinha na época 150 mil habitantes e a universidade tinha 15 mil alunos, o que fazia do burgo francês uma cidade universitária. Havia alunos de todos os continentes. A integração era completa, permitindo que ocorressem em todos os locais da instituição de ensino discussões e conversas extras curriculares, o que dava a todos os participantes uma visão do mundo.

Dornelles foi eleito por unanimidade presidente do centro de estudantes estrangeiros, o que foi para ele uma experiência política da maior importância. A universidade francesa convidava com frequência técnicos, professores e funcionários do governo de países europeus para participarem de congressos e seminários com grande ênfase na integração europeia. Propiciava visitas às cidades onde se encontravam acervos históricos e culturais do país. O departamento econômico era chefiado pelo professor René Gendarme, autor do livro *La Pauvreté des Nations*, obra de grande circulação na comunidade europeia.

Os estudantes estrangeiros se comunicavam fluentemente usando um idioma que eles pensavam que era francês.

Certa vez, Dornelles almoçou no restaurante universitário em companhia de um estudante japonês e outro holandês. Um estudante francês ocupou o quarto lugar da mesa. Passou algum tempo ouvindo a conversa e perguntou: "Vocês podem me informar qual é o dialeto que vocês estão falando?" Eles, que pensavam estar conversando em francês, ficaram meio decepcionados.

A temperatura era muito baixa. À noite, os estudantes tomavam grande quantidade de vinho nos bares da Place Stanislas, o que fazia com que cada um deles tivesse uma tese original para resolver todos os problemas do mundo. Dornelles volta a acentuar: "Sem dúvida, foi muito importante para a minha carreira profissional ter passado um ano na universidade de Nancy".

E aí aconteceu o golpe militar no Brasil. Dornelles volta atrás no tempo um momento, dizendo que, quando Tancredo ainda era primeiro-ministro, em março de 1962, ele foi visitar São João del-Rei numa visita oficial. Dornelles estava com o Tancredo lá quando recebeu um telefonema da tia Amélia Dornelles, irmã de seu pai, casada com Cândido Castelo Branco, irmão do general Humberto Castelo Branco. Ela disse que estava sendo preparada uma lista de três generais de Divisão que seriam promovidos a general do Exército, nos meses de junho e julho próximo, e que o marido havia pedido que ela lembrasse a Tancredo o nome de Humberto. E comentou que já tinha conversado com Mozart a respeito, mas que o pai de Dornelles dera a seguinte resposta: "Eu não converso com Tancredo assuntos do Exército, mas, se Tancredo pedir minha opinião, direi para não incluir o general Humberto na lista de promoção, pois sempre se revelou um antigetulista, um antijuscelinista e um antijanguista".

Amélia perguntou então a Dornelles se ele poderia falar diretamente com Tancredo. Após ter consultado Mozart a respeito e ter sido liberado pelo pai, Dornelles tomou a iniciativa de entrar em contato com Tancredo:

> Transmiti a mensagem de minha tia Amélia pedindo para que Humberto Castelo Branco entrasse na lista de promoção. Tancredo não gostou muito quando eu falei com ele, disse para eu não me meter em assuntos das Forças Armadas. Mas à noite me chamou e informou que o caso da tia Amélia estava resolvido O general Castelo Branco ia entrar na lista da promoção para ser general de Exército.

Essa história não acabou aí. Já em Nancy, Dornelles recebeu uma ligação do pai, pedindo-lhe que ligasse para ele. Era muito difícil naquela ocasião ligar da França para o Brasil e vice-versa. As telefonistas faziam as ligações por meio de um deficiente telefone fixo. Ele desceu para a sala da administração às 8 da noite solicitando a ligação para o Brasil, que só foi completada às 3 horas da manhã. O pai atendeu ao telefone e disse: "Aquele general que vocês promoveram vai ser o ditador do país. De modo que você vai ligar pra sua tia no Rio dizendo que o mínimo que você espera é que Humberto Castelo Branco não casse o Tancredo".

Dornelles então perguntou: "Por que o senhor não liga direto para sua irmã?" "Não quero falar com essa gente", foi a resposta.

A ligação para a tia levou umas 7 horas para ser completada. Quando Amélia atendeu, ela afirmou: "Já sei qual a razão do telefonema. Seu pai poderia ter ligado diretamente para mim. Humberto garante que o Tancredo não será cassado. Pode ficar tranquilo". A promessa foi cumprida. Tancredo não foi cassado em 1964.

# ENCONTRO COM CHE GUEVARA

Enquanto ainda estava na Europa, em abril de 1964, mês do golpe militar no Brasil, Dornelles teve a oportunidade de conhecer Che Guevara. Pode-se dizer que foi por mero acaso que ele se encontrou com o comandante tão amado pelas pessoas de esquerda do mundo inteiro, que na época – seis anos após a revolução cubana – era o ministro da Indústria e do Comércio de Fidel Castro:

> No dia 1º de abril de 64 fui para Genebra para encontrar alguns diplomatas amigos que lá estavam participando da primeira conferência mundial sobre comércio e desenvolvimento organizada pelas Nações Unidas, que reunia chefes de estado e altos funcionários de países-membros. O resultado concreto desse encontro, que custou 25 milhões de francos suíços, foi a intenção de dotar-lhe de peridiocidade regular e a iniciativa de criar a Organização das Nações Unidas para o Comércio e Desenvolvimento (Unctad), o que aconteceria em dezembro do mesmo ano.

O presidente da conferência, ocorrida entre 23 de março e 16 de junho de 1964, de acordo com Dornelles, foi o embaixador do Uruguai na Suíça, Antonio di Pasca. Esse diplomata fora cônsul do Uruguai em Porto Alegre e casara-se com a gaúcha Aurora Carvalho Paradeda, com a qual tivera dois filhos brasileiros, Dirceu e Marília Carmen. Dirceu di Pasca se tornaria amigo íntimo de João Goulart. Fora secretário particular de Jango, quando este era ainda vice-presidente de Jânio, e, posteriormente, seria nomeado, quando Jango assumiu a presidência da República, ministro para Assuntos Econômicos, cargo vitalício que dependia de indicação direta do presidente da República.

Dornelles continua a narrar sua inesquecível peripécia:

> Ciente do movimento que ocorrera no Brasil em 1º de abril, Dirceu di Pasca e eu decidimos ir para Paris, onde acreditávamos que teríamos mais facilidade de comunicação com o Brasil. Estávamos na estação de trem, eu, Dirceu e seu pai, o embaixador do Uruguai na Suíça, quando lá entrou, a frente de uma grande comitiva, o comandante Che Guevara, que havia sido a maior estrela do congresso, tendo feito no dia 25 de março um discurso de grande impacto sobre as dificuldades que estavam sendo enfrentadas por Cuba e o desenvolvimento econômico no mundo e na América Latina.

Che dirigiu-se ao embaixador Di Pasca, presidente do Congresso. Trocaram cumprimentos e elogios recíprocos. O embaixador apresentou-lhe o ministro Dirceu Di Pasca explicando que era seu filho, mas que não era uruguaio e, sim, brasileiro, que havia trabalhado com Jango e se encontrava muito abalado com o que estava acontecendo no Brasil. O trem que partiu no início da tarde para Paris estava completamente vazio.

E com isso, ocorre mais um encontro com a grande figura política, hoje lendária:

Estávamos eu e o ministro Dirceu numa cabine muito comum nos trens europeus, quando entra na cabine o comandante Che Guevara. Antes de qualquer cumprimento, disse ele a Dirceu: "Que *cagada* o presidente Goulart arrumou no Brasil". Dirceu respondeu a Che Guevara, que estava sentado dentro da cabine: "O erro do presidente Goulart foi ter acreditado no seu dispositivo militar, que falhou completamente". Che Guevara retrucou: "Foi um erro primário. O exército é uma força burguesa. Como poderia ele ter apoio do exército ameaçando violentamente os direitos e privilégios da burguesia?". O ministro Dirceu voltou a falar: "Jango acreditava também em um movimento popular que não aconteceu".

A réplica de Che Guevara foi a seguinte:

O povo só tem força política se organizado e armado. Se não for assim, uma multidão vale menos que dez metralhadoras. O maior erro de Goulart foi a reunião política em frente da ferrovia. O presidente Goulart fez um discurso primário e violento, ameaçando as empresas estrangeiras, o setor financeiro, as igrejas, os proprietários urbanos e rurais e foi para casa dormir. Enquanto ele dormia, a classe dominante, sempre organizada, se reuniu e correu com ele da presidência.

Che Guevara permaneceu com Dirceu di Pasca e Dornelles ainda por uma meia hora, contou como havia tomado o poder em Cuba com Fidel, fez análise e projeções e terminou dizendo que o primarismo do Presidente Goulart teria consequências imensuráveis no futuro da América Latina.

Eis a abertura do discurso proferido pelo comandante revolucionário Che Guevara sobre Desenvolvimento na plenária da conferência da futura Unctad no dia 25 de março, alguns dias antes de se encontrar com Dornelles e Di Pasca na estação de Genebra:

> A delegação de Cuba, uma ilha situada na foz do Golfo do México no Mar do Caribe, dirige-se a vocês. Ela se dirige sob a proteção de seus direitos por muito motivos, entre eles o de vir a este fórum proclamar a verdade sobre si mesma. Dirige-se como um país que está construindo o socialismo; como um país que pertence ao grupo das nações latino-americanas, ainda que decisões contrárias à lei o tenham afastado temporariamente da organização regional, devido às pressões e ações dos Estados Unidos da América. A sua posição geográfica indica que se trata de um país subdesenvolvido que carregou as cicatrizes da exploração colonialista e imperial e que conhece por amarga experiência a sujeição dos seus mercados e de toda a sua economia, ou o que dá no mesmo, a sujeição de toda a sua máquina governamental para uma potência estrangeira. Cuba também se dirige a vocês como um país sob ataque.
> Todas essas características deram a Cuba um lugar de destaque nas notícias de todo o mundo, apesar de seu pequeno tamanho, de sua importância econômica limitada e de sua escassa população. Nesta conferência, Cuba expressará seus pontos de vista sobre os diversos pontos que refletem sua situação especial no mundo, baseando sua análise sobretudo em seu atributo mais importante e positivo: o de um país que está construindo o socialismo.
> Como país latino-americano subdesenvolvido, apoiará as principais demandas de seus países irmãos, e, como país sob ataque, denunciará desde o início todas as maquinações postas em marcha pelo aparato coercitivo dessa potência imperial, os Estados Unidos da América.

Participaram do encontro em Genebra representantes de 119 países, sendo que eram em número de 75 os países em desenvolvimento, que queriam garantir bons preços para suas matérias-primas no mercado mundial. Outra meta dessas nações era conseguir vender aos países ricos sua produção industrial, a fim de garantir empregos, mas o hemisfério norte não acatou os pedidos.

Além da ausência da República Popular da China, Che Guevara reclamou também da ausência da República Democrática da Coreia e da República Democrática do Vietnã, enquanto os representantes dos governos das partes meridionais de ambos os estados divididos estavam presentes. Segundo ele, para aumentar o absurdo da situação, se a República Democrática Alemã fora injustamente excluída, a República Federal da Alemanha não só estava presente na conferência, como fora nomeada para uma vice-presidência.

E o pior, segundo Che, é que embora as repúblicas socialistas que mencionara não estivessem representadas, o governo da União da África do Sul, que violava a Carta das Nações Unidas pela política desumana e fascista de *apartheid* que desafiava as Nações Unidas, por recusar-se a transmitir informações sobre os territórios que lhe eram confiados, atrevia-se a ocupar um lugar no salão. Por tudo isso, ele considerava que a conferência não poderia ser definida como o fórum dos povos do mundo. A íntegra do discurso *On Development*, lido pelo ministro cubano da Indústria e do Comércio, em Genebra, em 25 de março de 1964, faz parte do *Internet Che Guevara Arquive*.[1]

---

[1] Disponível em https://www.marxists.org/archive/guevara/1964/03/25.htm. Acesso em: 24 jun. 2022.

# NA UNIVERSIDADE DE HARVARD

No fim de 1964, quando terminou o período da bolsa de estudos em Nancy e voltou para o Brasil, é claro que Dornelles encontrou um país com um clima totalmente diferente daquele que deixara em 1962. O pai fora reformado. Estava com 60 anos. O tio Ernesto, que fora governador do Rio Grande do Sul, havia morrido. A família da mãe, Mariana Neves, estava sendo perseguida em Minas. Os primos do Exército também estavam reformados, afastados de suas funções.

Uma das primeiras coisas que fez ao chegar ao Rio de Janeiro foi se apresentar no Ministério da Fazenda, já que era procurador da Fazenda nomeado desde 1961. Lá, foi recebido pelo procurador-chefe da Fazenda do Rio de Janeiro, que foi logo dizendo:

> Houve uma revolução democrática no país. Foram afastados todos os subversivos ligados ao sr. João Goulart... e a sua família fazia parte deste movimento de subversão. O seu tio não era presidente do PTB do Rio Grande do Sul? O seu pai não tentou, com o general Osvino Ferreira Alves, provocar uma resistência? Seu tio Tancredo não era líder do João Goulart no Câmara? A sua família estava envolvida! Então eu vou

fazer a você um favor. Quero que você não mais compareça ao Ministério.

Era outubro. Naquela época, o procurador tinha dois meses de férias em outubro e novembro, correspondentes no caso ao ano de 1964. O procurador-chefe falou para Dornelles tirar as férias do período, disse que em dezembro se daria um jeito, e que depois, em janeiro e fevereiro, ele deveria tirar mais dois meses de férias, correspondentes ao ano de 1965. E acrescentou, deixando claro que queria se livrar de Francisco Dornelles: "Você deve depois ir para o Conselho Nacional de Economia. Fazer um curso lá, em vaga que foi oferecida à Procuradoria. Isso fará com que fique distante da Fazenda por um longo período".

Só que, quando chegou o início de 1965 e Dornelles já se preparava para fazer o curso no Conselho Nacional de Economia, ele recebeu um comunicado da Ieda Macedo, que era secretária de Octávio Gouvêa de Bulhões, ministro da Fazenda. Haviam oferecido ao governo brasileiro uma vaga para uma bolsa em Harvard. Ia ter uma prova de seleção. O concurso não era por indicação política. Ele fez a prova na Aliança para o Progresso e passou. Tanto que quatro dias depois recebeu um telefonema de um americano dizendo que tinha sido selecionado pelo Ministério da Fazenda para ir para Harvard, e que o procurasse.

No entanto, como era de se esperar, surgiram problemas com o procurador-chefe da Fazenda:

> O americano me recebeu muito bem, fez muita festa, falou da documentação que eu deveria ter para ir para os EUA. Três

dias depois me ligou de novo dizendo que a situação estava difícil porque o procurador-chefe não queria que eu fosse. Era melhor, portanto, que eu fosse falar com ele. Fui falar com o procurador-chefe e ele me disse que eu tinha rompido o compromisso com ele, porque havia me proibido de entrar no Ministério e para fazer aquela prova eu tinha ido lá. Tentei argumentar que entrara no Ministério apenas para fazer a prova, mas ficava repetindo que eu quebrara o estipulado e me disse que eu tinha que apresentar uma carta para ele desistindo de Harvard. Caso contrário, ia tomar a iniciativa, dizendo que eu não podia ir. Pedi três dias. Ou seja, indaguei se podia entregar a carta na segunda-feira, porque ia viajar para São João del-Rei naquele dia. Ele disse que sim. Que eu podia entregar a carta na segunda-feira.

Dornelles ficou pensando em como agir. Tinha muito interesse em ir para Harvard. Lembrou-se da tia Amélia, a irmã do pai que era casada com Cândido Castelo Branco, irmão do então presidente da República. O casal morava na rua Bolívar, em Copacabana. Ele foi lá e contou tudo o que acontecera. Cândido ficou indignado com a atitude baixa do procurador-chefe da Fazenda. Dornelles entregou para Cândido os papéis da bolsa de Harvard. Ele ligou para o irmão Humberto Castelo Branco, que, por coincidência, estava no Palácio das Laranjeiras, no Rio. Naquela época, para um funcionário público viajar para o exterior com bolsa de estudos era preciso ter autorização do presidente da República.
O impasse foi resolvido da seguinte forma:

À tarde, o chefe do gabinete do ministro Octávio Gouvêa de Bulhões, Domingos Grello, me telefonou dizendo que tinha estado com os americanos, estava fazendo a exposição de motivos e que já estava mandando levar à minha casa um expediente para que eu assinasse sobre a bolsa em Harvard. E complementou: "Dr. Bulhões vai assinar hoje à noite e amanhã ele pega a assinatura do presidente Humberto Castelo Branco. E o ato segue para o *Diário Oficial*".

E assim foi feito. No dia marcado, Dornelles voltou ao procurador-chefe. Antes, havia combinado com Domingos Grello de fazer certo teatro durante o encontro. Eis o que aconteceu:

> Fui para lá e fiquei três horas esperando. Quando o procurador-chefe foi saindo para o almoço, ele me indagou: "O que você está fazendo aí? Você trouxe o seu pedido de desistência? Você não vai para Harvard." Eu disse: "Eu ia trazer, mas houve um problema. Eu estive com o presidente Castelo Branco nas Laranjeiras, e ele quer que eu vá para Harvard." Ele retrucou: "O quê? Você esteve com o presidente?..." O procurador-chefe ficou completamente gago. Só faltou cair no chão. E dizia: "Mas eu queria te proteger. Apenas acho que não é bom para você sair agora do país". Eu disse: "O senhor liga para o Domingos Grello, porque ele quer lhe falar." E Domingos disse a ele, ao telefone: "Que coisa horrorosa você arrumou! Como é que você fez isso? O homem é sobrinho do irmão do presidente da República." O procurador-chefe ficou alucinado.

Dessa forma, Dornelles conseguiu furar o bloqueio e ir para Harvard, como queria. Ao chegar à universidade americana, sentiu-se como se estivesse vivendo um sonho, pois nunca pensara um dia estudar lá. A bolsa era pequena: apenas U$ 250,00 por mês. Cobria apenas o aluguel de um quarto na cidade universitária e refeições no restaurante local. Teve que administrar com muito cuidado as parcas finanças para que o dinheiro desse. Não tinha qualquer divertimento. Só podia usar o tempo vago para estudar.

O curso de Tributação Internacional era realizado parte na Escola de Direito e parte na Escola de Economia. Dornelles teve inicialmente muita dificuldade com o estudo de contabilidade, para o qual não tinha base alguma. Mas fez um grande esforço, o que não só permitiu que desse conta do recado, como se tornasse um apaixonado pela matéria. Tanto que depois faria um curso de Contabilidade na Candido Mendes, universidade da qual seria ao mesmo tempo professor de Direito Tributário.

# FGV, ALALC E ONU

Francisco Dornelles ficou em Harvard de 1965 a 1966, obtendo o diploma do Programa Internacional de Tributação da Harvard Law School. Voltou, como diz, um verdadeiro tecnocrata. A partir daí, começou um duradouro relacionamento com Delfim Netto, Mario Henrique Simonsen, Ernane Galvêas e representantes do governo.

Ao retornar, teve tempo para tirar um mês de férias e auxiliar Tancredo numa nova campanha para deputado federal em Minas. Ao todo, ele exerceu cinco mandatos de deputado federal: em 1950, 1962, 1966, 1970 e 1974. Foi líder de João Goulart na Câmara, cargo que ocupou até o golpe militar de 1964. No mandato iniciado em 1966, fez várias críticas à influência dos Estados Unidos no golpe de 64. Após a volta do pluripartidarismo, foi eleito senador em 1978, tendo fundado o Partido Popular. Em 1982 retornou ao MDB e foi eleito governador de Minas.

No fim de 1966, Dornelles teve que fazer uma opção que não lhe foi nada fácil. Ainda em Harvard, havia sido entrevistado por representantes de empresas financeiras americanas que procuravam recrutar alunos para integrar o seu quadro. Ao chegar ao Brasil, veio com uma recomendação para que o Banco Lar Brasileiro o contratasse. Teve uma excelente conversa com um dos diretores do banco e combinaram que voltariam a se falar no início de 1967.

Ao mesmo tempo, o advogado Luís Buarque de Holanda, que estivera em Harvard um ano antes de Dornelles, estava coordenando o programa BID-FGV, que deveria fazer um trabalho sobre legislação fiscal e aduaneira dos países da Associação Latino-Americana de Livre Comércio (ALALC). Eram dois os objetivos do convênio: identificar situações que pudessem ser eliminadas para facilitar o movimento de capitais na região e identificar pontos nas legislações dos países que impediam tal movimento. Luís Buarque recebera uma proposta irrecusável de uma empresa de auditoria americana e tinha o maior interesse que Dornelles ocupasse o seu lugar na FGV.

Qualquer que fosse a opção de Dornelles teria aspectos positivos e negativos. Do lado financeiro, as condições do Banco Lar Brasileiro eram bem mais favoráveis. O trabalho na FGV, no entanto, o encantava, apesar do salário reduzido. Ao coordenar o convênio BID-FGV, Dornelles deveria estudar a legislação tributária e aduaneira dos países da ALALC, dentro de uma política de integração dos continentes.

Com recursos do BID, a FGV selecionava anualmente 3 funcionários de cada país-membro da ALALC a fim de que recebessem bolsa de estudo para cursos de 4 meses, ministrados na sede da Fundação no Rio de Janeiro. Os técnicos e professores da FGV eram obrigados a visitar anualmente os países-membros da ALALC, manter contato com dirigentes das áreas tributárias e aduaneiras e conversar com os técnicos desses países que pretendiam receber a bolsa da Fundação para frequentar os cursos por ela oferecidos.

O trabalho da Escola Interamericana de Administração Pública da Fundação Getúlio Vargas (EIAP) teve um elevado prestígio não somente na América Latina, mas também junto a entidades que realizavam estudos similares em outros continentes. O professor J.C. Van Horne, diretor do International Fiscal Documentation, com sede em Amsterdam, uma das pessoas mais respeitadas do mundo na área fiscal, permanecia 3 semanas por ano ministrando aulas nos cursos da EIAP. O professor Oliver Oldman, de Harvard, e a professora Milka Casanegra, diretora de Impostos no Chile, integravam o grupo de conferencistas.

Dornelles comenta:

> Cada vez que um técnico ou professor da EIAP chegava em um país latino-americano para conversar com autoridades da área sobre os programas fiscais e tributários era tratado como um rei. Infelizmente, o volume de recursos do convênio BID-FGV foi sendo reduzido, na medida em que a ALALC foi perdendo a força, mas o trabalho como um todo foi da maior importância para o Brasil.

No fim dos anos 1970, quando Dornelles chefiou a delegação brasileira para uma reunião em Montevideo, onde trataria de assuntos tributários dos países da ALALC, oito dos dez chefes da delegação tinham sido seus alunos na FGV, o que facilitou enormemente o trabalho. Chegou a ser eleito presidente do grupo. E fizeram um modelo de acordo baseado nos estudos tributários que haviam sido feitos na Fundação, dentro do convênio BID-FGV.

Os membros da ALALC, instituição criada na década de 1960 para integrar comercialmente a América Latina, eram Argentina, Brasil, Chile, México, Paraguai, Peru e Uruguai. Em 1970, a área de livre-comércio se expandiu, inserindo Bolívia, Colômbia, Equador e Venezuela. Depois, o organismo seria chamado de Associação Latino-Americana de Desenvolvimento e Intercâmbio (ALADI) e, em 1999, incluiria Cuba.

A especialização e competência de Dornelles em estudos fiscais e tributários dariam outros frutos. Como em Harvard tinha sido aluno de Stanley S. Surrey, considerado o maior estudioso de direito tributário nos EUA, Surrey o convidaria para integrar um grupo de peritos em matéria fiscal da Organização das Nações Unidas (ONU). Esse grupo se reunia duas vezes por ano em Genebra e Nova York. E tinha como meta fazer um roteiro de acordos que pudesse servir de padrão entre países desenvolvidos e em desenvolvimento. Terminado o trabalho desse grupo, Surrey o convidou para fazer parte de outro grupo de peritos em matéria fiscal.

Faziam parte do grupo de peritos da ONU em tributação internacional doze membros. Dornelles fez boa amizade com um deles, Pierre Kerlain, diretor de Impostos da França. Foi ele quem negociou o acordo de bitributação entre Brasil e França. Apaixonou-se pelo Rio. Esteve muitas vezes na cidade, algumas delas na condição de turista.

Certa vez, Dornelles lhe perguntou como era o relacionamento de um técnico com o gabarito dele com políticos que ocupavam frequentemente o Ministério de Finanças francês. Kerlain disse que trabalhara com vários ministros políticos e aprendera a lidar com eles.

Para dar um exemplo, contou uma história. Levara para um ministro de Finanças que acabara de assumir o posto um trabalho sobre a reforma da legislação tributária francesa. O ministro em questão disse que não lia relatórios, não gostava de impostos, não entendia de tributação, não queria aprender e tinha horror a gráficos. No entanto, confiava em Kerlain, de quem tinha as melhores referências. Se ele, Kerlain, achava que era importante modificar a legislação tributária do país, teria apenas que convencê-lo sem recorrer a tecnalidades.

Primeiro, Kerlain achou que o ministro não queria fazer mudança alguma, mas depois ele foi convidado para almoçar e na sobremesa o titular da pasta de Finanças da França tirou um caderninho do bolso e pediu ao gabaritado técnico que explicasse por que as mudanças tributárias eram necessárias. Kerlain explicou tim-tim por tim-tim e o ministro tomou nota de tudo. No fim da tarde, ele ligou para Kerlain dizendo que o primeiro-ministro aprovara a reforma e que ele pessoalmente iria defender o projeto no Congresso.

Na Câmara de Deputados, narrou Kerlain a Dornelles, o ministro de Finanças falou sobre tudo por aproximadamente uma hora: a má distribuição de renda na França; as dificuldades dos agricultores, a desindustrialização provocada por importações dos EUA, as diferenças regionais, enfim, assuntos que não tinham nada a ver diretamente com o projeto que estava sendo votado. E que, mesmo assim, foi aprovado por unanimidade. Com isso, Kerlain disse ter aprendido que com ministros políticos deveriam ser evitados os detalhes técnicos, mas oferecida em contraposição uma visão global e objetiva do problema.

Essa história contada pelo amigo francês Kerlain foi de importância capital para a atuação política do próprio Dornelles:

> Quando fui à Câmara e ao Senado na condição de ministro, sempre evitei falar muito em números e mencionar dados técnicos. Procurava tratar do assunto de forma genérica, procurando demostrar a importância da matéria, mas evitando a tecnalidade. Todas as vezes que fui à Comissão de Trabalho eu seguia esta linha, e com isso sempre teve seus projetos aprovados

# LA PAZ E A POLÍCIA MILITAR

Passou, então, o período de 1967 até aproximadamente 1980 ocupado com aulas, pesquisas e os trabalhos na FGV, para ALALC e para as Nações Unidas. Foi também professor de várias faculdades, tendo ministrado aulas na Universidade Federal do Rio de Janeiro, na Faculdade Candido Mendes e na Faculdade Gama Filho. A carga horária era muito grande. Chegava a dar 8 horas de aula por dia. Saía de manhazinha de casa e só voltava à noite. O coordenador do Curso de Tributação Internacional da FGV também era procurador do Conselho de Contribuintes. Enfim, um ritmo de trabalho de enlouquecer, mas ele conseguia conciliar as várias funções:

> Essas atividades só se tornaram viáveis porque o Conselho de Contribuintes do Ministério da Fazenda, onde eu atuava desde 1967, só realizava duas sessões por semana. O trabalho do conselho – exame de processo em julgamento, elaboração de recursos – era feito em casa. Começava a trabalhar nos finais das tardes de domingo e com frequência ia até a madrugada da segunda.

Como responsável pela harmonização tributária dos países da ALALC, Dornelles ficou responsável pela análise da legislação do Imposto de Renda dos países-membros da associação latino-americana. Viajou por todos eles, fazendo entrevistas com as autoridades locais e, ao mesmo tempo, oferecendo bolsas de estudos na Fundação Getúlio Vargas para economistas e técnicos fiscais.

Durante essas viagens, passou por experiências às vezes extremamente difíceis. Pelo desejo de ficar o menor tempo possível em cada país, os contatos com as autoridades locais foram feitos *a priori* pelas embaixadas brasileiras, que também tinham todo o interesse em harmonizar as regras tributárias. Com isso, o cronograma da agenda era bem apertado. Tão apertado que logo de início, Dornelles verificou que seria impossível manter a organização da viagem como estava programada. Deixemos que ele mesmo conte o incidente:

> Planejei chegar em La Paz numa quinta-feira pela manhã e na sexta-feira, também pela manhã, partir para Lima. Quando cheguei em La Paz fui recebido pelas autoridades fazendárias, que me paparicaram muito pelo fato de eu distribuir bolsas de estudo no Brasil. Fui aconselhado a descansar durante todo o dia, em face da altitude. Mas eu me neguei: "Começo a trabalhar agora porque amanhã já estarei viajando para o Peru". Fui ao hotel, deixei a bagagem e comecei logo depois uma reunião no Ministério da Fazenda local sobre o sistema tributário da Bolívia e sua lei de Imposto de Renda.

A decisão foi desastrosa:

> No final da tarde cada perna minha pesava 200 quilos. Eu mal podia andar. Fui quase carregado para o hotel Copacabana,

que já possuía uma infraestrutura apropriada para pessoas imprevidentes como eu. O resultado final foi que passei a noite sentado numa câmara de gás ou de oxigênio, ou seja, um aparelho de respiração, o que desorganizou totalmente o roteiro da minha viagem.

Em consequência, teve que ficar um dia a mais em La Paz. Por meio do esforço da embaixada em Lima, conseguiu que os encontros com as autoridades do Ministério da Fazenda do Peru pudessem ser realizados no sábado, o que permitiu que ele viajasse para Quito no domingo. Em seguida, passou pela Colômbia, Venezuela e México, permanecendo sempre o menor tempo possível.

Ele explica a razão da pressa:

Queria fazer o que tinha que fazer e voltar logo. Não queria ficar muito tempo fora. Quando cheguei ao Brasil depois deste tour, fiquei praticamente uma semana de cama para recuperar as minhas forças.

Em seguida, no mesmo período, foi ao Uruguai, à Argentina, ao Chile e ao Paraguai, sempre dentro do convênio da Fundação Getúlio Vargas com o BID, visando à harmonização da legislação tributária e o oferecimento de bolsas de estudos na FGV. O convênio BID/FGV na realidade era um convênio BID/Brasil. Só que muito bem administrado pela FGV, o acordo com o banco de desenvolvimento teve uma enorme importância nas relações fiscais do Brasil com os demais países da ALALC.

E havia outras bolsas concedidas pela Fundação para técnicos do Ministério da Fazenda. Os alunos recebiam passagem de ida e de volta. O curso era gratuito na FGV. "Com o dinheiro da bolsa", comenta Dornelles, "dava para se pagar uma moradia no Rio".

Mesmo cheio de trabalho, o compromisso com a Fundação Getúlio Vargas e com a ONU, as aulas na Faculdade de Direito Candido Mendes e Gama Filho, Dornelles, no início de 1968, aceitou mais uma tarefa como professor. Convidado para ministrar a cadeira de Direito Tributário da Academia de Polícia Militar, assumiu o novo encargo. Achou atraente o fato de o curso ter sido recém-introduzido na Academia e que a turma seria a primeira a estudar essa matéria. Só que cometeu um erro. Achava que a instituição acadêmica da Polícia Militar se localizava no Centro do Rio. E tudo deu errado:

> Um dia antes da primeira aula recebi um telefonema me avisando que um Jeep estaria na porta da minha casa às 5h da manhã. Eu disse que tinha carro, não precisava de Jeep, e que não compreendia porque estavam marcando para me apanhar às 5h, se as aulas começavam às 7h. Explicaram-me então que a Academia ficava no Campo dos Afonsos, do lado da Vila Militar. No mesmo dia da minha viagem no Jeep, o carro capotou e acabei com o braço fraturado. Comuniquei então ao Comando que eu não tinha condições de ministrar aquele curso. Eu tinha sido o responsável pelo equívoco geográfico, ao achar que a Academia era no Centro da cidade, mas eles teriam que procurar outro professor.

A Academia de Polícia explicou, então, que tivera a maior dificuldade para contratar um professor e que trocar de professor naquela altura dos acontecimentos seria muito complicado, porque o nome de Dornelles já fora aprovado pelos comandantes. Indagaram se ele não teria um assistente para dar as aulas, de modo que a remuneração pudesse sair no nome dele, Dornelles, e que ele se encarregasse depois de repassar o salário para o assistente.

O assistente indicado foi o professor Aurélio Pitanga Seixas Filho, competente tributarista, que mais tarde foi catedrático da Universidade Federal Fluminense (UFF). Aurélio deu as aulas no lugar de Dornelles durante um ano.

No início de 1969, após a edição AI-5 (em dezembro de 1968), ele foi avisado pela Fundação Getúlio Vargas que cinco policiais armados o estavam procurando. Tinham informado na Fundação que ele estava de férias. Num outro dia, a empregada de sua residência ligou para a FGV alarmada por que havia policiais armados na porta do patrão, dizendo que iam esperar por ele. A situação se prolongou por alguns dias. Os policiais sempre à cata de Dornelles. Diante dessa busca implacável, começou a criar na cabeça a hipótese de que os PMs estavam atrás dele em razão das ligações políticas familiares e que queriam, na melhor das hipóteses, interrogá-lo.

Foi para São João del-Rei para ver se obtinha alguma informação no meio familiar sobre o que aqueles policiais poderiam querer com ele, mas o que foi apurado é que só diziam que queriam encontrá-lo e não diziam o porquê.

Uma noite, quando estava em casa, na rua Júlio de Castilho, em Copacabana, Dornelles novamente foi informado de que havia policiais na porta de seu prédio.

Finalmente resolveu enfrentar a situação. E aconteceu o inesperado:

> Mandei os policiais subirem. Vieram. Cada um deles com uma metralhadora. Dois deles carregando duas sacolas enormes. Chegaram e falaram: "Viemos aqui trazer o dinheiro das aulas que você deu. O pagamento está nessas sacolas". Naquela época para pagar era preciso sacar o dinheiro no banco. Chamei o Aurélio. Ele foi lá em casa e levou o dinheiro, todo feliz. E eu fiquei aliviado.

# O CASAMENTO

Francisco Dornelles se casou com Cecilia Nunes de Andrade em 1970. Ela trabalhava na área de documentação da FGV e era professora da Universidade Santa Úrsula. Mais tarde, foi professora da Universidade de Brasília e da Universidade Federal do Estado do Rio de Janeiro (Unirio). Estão casados há 51 anos. Quando se conheceram, Cecilia estava com 26 anos e o namorado, com 35, ou seja, a diferença de idade entre os dois é de nove anos. A paixão foi fulminante, provavelmente por ter sido uma atração de opostos. Enquanto Dornelles é introvertido, caladão, sua esposa, dotada de uma beleza delicada, é inteligente, elegante e a extroversão em pessoa.

O namoro foi rápido. Só durou um ano. Conheceram-se em janeiro de 1969 e se casaram, no Rio de Janeiro, em 31 de janeiro de 1970, na Capela de São Pedro de Alcântara da UFRJ (Avenida Pasteur, 250. Reitoria da Universidade). O casamento civil havia ocorrido dois dias antes no apartamento dos pais de Cecilia, com a cerimônia tendo sido presidida pelo hoje desembargador Humberto Mannes. Segundo conta Cecilia, não houve festa. A igreja lotou, os cumprimentos duraram cerca de 2 horas, mas o casamento foi a seco.

De acordo com Dornelles, o casamento foi o ato mais importante ocorrido na vida dele:

> Ela foi e tem sido uma companheira que participou e apoiou todas as minhas lutas. Arguta e detalhista, sempre fez questão de ler e opinar sobre todos os meus artigos e pronunciamentos. Foi e tem sido uma conselheira excepcional com relação a todas as decisões que tomei. As vitórias que consegui não teriam sido obtidas se não fosse o apoio que Cecilia sempre me deu.

Fato curioso é que Cecilia Dornelles nunca deu a chave de casa para o marido:

> Durante 51 anos ela sempre fez questão de abrir a porta para mim, pouco importando a hora em que eu chegasse. Nas campanhas políticas, muitas vezes eu chegava de madrugada, sempre sem a chave, obrigando Cecilia a acordar para que eu pudesse entrar em casa.

O matrimônio, conta ainda Dornelles, fez com que ganhasse uma nova família:

> Quando me casei com Cecília nunca pensei que estava me casando com uma família. E foi o que aconteceu. Seu pai, Primo Nunes de Andrade, era almirante e esteve na Segunda Guerra Mundial. Era extremamente inteligente, culto e preparado. Escreveu vários livros. Na Marinha, recebeu a medalha Greenhalg, concedida àqueles que mais se destacaram na carreira. Tornou-se um grande amigo e conselheiro. A mãe de Cecilia, Honorina Lacerda Nunes de Andrade, tornou-se também uma mãe para mim. Pessoa educadíssima, adorava música. Tocava piano extraordinariamente bem. Ficou muito amiga de minha mãe Mariana, com quem falava diariamente pelo telefone. Clóvis, o

irmão de Cecília, e sua irmã Theresinha ficaram também sendo meus irmãos.

Francisco Dornelles e Cecilia tiveram duas filhas: Luciana e Mariana. Advogada tributarista, Luciana é membro do Conselho de Contribuintes do Estado do Rio de Janeiro. Casada com o advogado Rui do Espírito Santo, teve gêmeos, uma menina e um menino que estão com 10 anos. A menina chama-se Beatriz e o menino, Rodrigo. Mariana, profissional criativa, com sensibilidade artística, comanda o estúdio Mariana Dornelles Design de Interiores, que já participou de exposições na Casa Cor, na Casa Real, na Fazenda São Luís da Boa Sorte e na Ilha de Caras.

Dornelles e Cecilia tiveram uma vida social bem movimentada. Foi muito noticiada na imprensa, em janeiro de 1979, a entrega a Dornelles, em Brasília, na Embaixada da França, da Légion D'Honneur. A cerimônia foi presidida pelo embaixador Jean Béliard. De acordo com o colunista Zózimo, do *Jornal do Brasil*, destacaram-se entre os convidados o ministro Golbery do Couto e Silva, que raramente comparecia a acontecimentos sociais, e o senador Tancredo Neves.

Dornelles e Cecilia estiveram presentes à celebração dos 30 anos de colunismo de Ibrahim Sued, realizada no Copacabana Palace, em 5 de julho de 1983. Foi um evento grandioso, que contou com a participação do jornalista Roberto Marinho, da ex-miss Martha Rocha e até do general Médici, entre os mais de 1.500 convidados.

Participaram juntos de muitas festividades sociais, tudo indicando que tenham sido e são um casal feliz e harmonioso, ao longo dos 51 anos de intimidade proporcionados pelos votos matrimoniais. Agora, quando queriam deixar os holofotes da vida social, exigida pelas funções públicas de Dornelles, iam para a residência em São João del-Rei descansar, hábito que mantêm até hoje.

# DELFIM E O SENHOR ORNELAS

Enfim, em janeiro de 1969, Francisco Dornelles se apaixonou com toda a razão, tendo feito a escolha certa de sua parceira para toda a vida. Mas retomemos o fio da história. No período em que trabalhava como professor em universidades, para a ONU e como coordenador do convênio BID-FGV, num determinado dia, Francisco Dornelles recebeu um telefonema da secretária do Delfim Netto, ministro da Fazenda do general Emílio Garrastazu Médici, informando que Delfim queria falar com ele. Chegou a pensar que era trote, em razão dos problemas políticos da família, mas o convite era verdadeiro:

> Fui ao ministério da Fazenda ao encontro do Delfim. Lá chegando, na hora exata marcada, ele se aproximou de mim e disse: "Senhor Ornelas, soube que o senhor se especializou em bitributação em Harvard, e nós precisamos de sua colaboração". Ele não me chamava de Dornelles. E eu não corrigia o nome. "Senhor Ornelas, tem uma delegação de portugueses aí querendo assinar um acordo de bitributação entre Brasil e Portugal. Eu fui informado que o senhor é quem entende do assunto. De modo que eu pediria que o senhor examinasse este acordo com Portugal."

Dornelles perguntou quanto tempo tinha para fazer o trabalho e Delfim disse que era coisa de 20 minutos, meia hora. A análise, portanto, teria que ser rápida. E foi:

> Esses acordos de bitributação têm entre artigos, parágrafos, alíneas, mais de 500 itens que apresentam diversidade muito grande de tamanho. Em face da informação de Delfim, eu conhecia bem o que era importante no acordo. Examinei questões como dividendos, juros, lucro das empresas, assistência técnica. Depois fui falar com o ministro Delfim. E ele me perguntou: "Fazemos o acordo ou não?" Respondi: "Ministro, eu acho que não devemos fazer este acordo pelos seguintes motivos: eu vou explicar ao senhor"... Ele me interrompeu: "Não tem que me dar explicação nenhuma... se você, que conhece este campo, está dizendo que não devemos fazer o acordo, o acordo não será feito".

Imediatamente Delfim Netto chamou o chefe da assessoria internacional, embaixador Vilar de Queiroz, e disse a ele: "O técnico, seu Ornelas, especialista de Harvard, opinou contra a assinatura do acordo. Comunica à delegação portuguesa que não vai ser possível assinar o acordo. Que nós vamos fazer uma contraproposta para uma nova negociação".

O relacionamento com Delfim Netto apenas se iniciava, porque uns dois meses depois, sem que Dornelles fosse previamente consultado, saiu sua nomeação no *Diário Oficial* da União para subchefe do Setor de Tributação Internacional do Ministério da Fazenda. Com o nome correto.

Como subchefe desse setor internacional, Dornelles participaria do grupo que criou o primeiro programa de estímulo às exportações de manufaturados brasileiros. O trabalho dos membros do grupo da Comissão para a Concessão de Incentivos Fiscais para Exportação (Befiex) foi imenso, cansativo, tendo se transcorrido ao longo de dezembro de 1971 e no início de 1972:

> Ficamos no ministério da Fazenda até altas horas no dia 24 de dezembro para terminar o programa que criava os incentivos fiscais para a exportação. Originalmente, a Befiex foi concebida como um órgão ligado à assessoria do Ministério da Fazenda e, depois, foi transferida para o Ministério da Indústria e do Comércio. As empresas firmavam um compromisso especial de exportação, podendo ter incentivos fiscais de Imposto de Importação, IPI, ICM, sendo inclusive dispensadas do exame de similaridade. O primeiro programa aprovado foi o da Ford do Brasil em 1973.

No setor internacional, tendo sido promovido posteriormente a vice-presidente da Comissão dos Estudos Tributários Internacionais (CETI) do Ministério da Fazenda, Francisco Dornelles permaneceria até o final da gestão do Delfim, em 1973. Já na gestão de Mario Henrique Simonsen como ministro da Fazenda do general Ernesto Geisel, ele ocuparia a presidência da CETI, na qual ficaria de 1974 a 1979, tendo estado à frente de várias delegações:

> Enfim, fui convocado por Delfim e continuei no posto com Simonsen... Neste período, chefiei inúmeras delegações de acordos eliminando bitributação com vários países: Portugal, Espanha, França, Bélgica, Dinamarca, Suécia, Inglaterra, Islândia, Itália, Áustria, Luxemburgo, Mônaco, Canadá, entre outros... E participei também, como já disse, de grupos de peritos da ONU e da ALALC que produziram um modelo de acordos tributários entre países. Trabalhava muito, no Brasil e no exterior.

As incessantes atividades do vice-presidente do CETI (elevado posteriormente a presidente) eram acompanhadas pela imprensa. Numa nota publicada pelo *Jornal do Brasil*, em 25 de maio de 1972, na coluna *Por dentro dos negócios*, divulgava-se que "a Áustria será o próximo país com o qual o Brasil negociará um acordo que evite a dupla tributação de renda derivada de um país e pagas a residentes de outro. As negociações estão previstas para a segunda semana de julho, segundo informações do vice-presidente da Comissão de Estudos Tributários Internacionais, Francisco Dornelles". "Antes, porém", continuava a nota, "serão realizados entendimentos entre os governos brasileiro e alemão, de 15 a 21 de junho, para a fixação de um acordo de bitributação, que será o quarto da administração do ministro Delfim Netto. Já foram efetuados acordos deste tipo com Portugal (em vigor), França e Finlândia, que deverão se tornar realidade a partir de janeiro de 1973. Japão, Suécia e Noruega são outros países com os quais o Brasil negociará acordos para evitar a dupla tributação".

As negociações costumavam ocorrer com tranquilidade. No caso do acordo com a Alemanha é que aconteceu a explosão do alemão Helmut Debatin, que Dornelles nunca esqueceu. Realizadas em Brasília, todas as multinacionais alemãs estavam acompanhando as negociações entre seu país e o Brasil. O acordo começou a ser negociado numa segunda-feira e a assinatura estava programada para ocorrer na sexta-feira. Havia uma cláusula no contrato, entretanto, que Dornelles não aceitava. E a pressão estava sendo grande.

O ministro da Fazenda na ocasião ainda era o Delfim. Dornelles ligou para ele:

> Ministro, eu disse, "há dificuldades, a minha posição é contra o fechamento do acordo. A pressão empresarial é grande. Eu queria explicar ao senhor quais são os pontos que eu acredito que não podem ser aceitos".
> E ele me disse: "Olha, você é o chefe da delegação. Faz o que você acha que deve fazer. Se der certo eu te promovo, se der errado eu te demito". Dornelles não negociou e o acordo não foi fechado.

Uma nova audiência foi marcada para a segunda-feira. Os alemães eram em número de cinco a seis. Delfim chamou Dornelles e explicou: "Vou conceder a audiência, mas você vai ficar sentado ao meu lado".

O grupo se reuniu na grande mesa do Ministério da Fazenda, no Rio, e os alemães, relembra Dornelles, "ficaram assustados ao me ver".

Fato é que a delegação alemã estava ficando insegura da negociação do acordo. Delfim fez uma introdução dizendo que quem cuidava do assunto, na Fazenda, era o senhor Ornelas, e complementou: "De modo que eu vou sair da sala e vou deixar vocês com ele. A decisão só será assinada se vocês aceitarem nossos pontos".

Dornelles queria um *tax-spread*, ou seja, que quando o imposto não fosse pago, eles dessem um crédito fictício. Também desejava tributar a assistência técnica. Uma espécie de *royalties*. E os alemães não queriam *royalties* de espécie alguma. Enfim, "eles não queriam tributo algum. Eles

A mãe, Mariana, com o primogênito Francisco, 1935

O pai, Mozart Dornelles, e o filho Francisco (aos 4 anos) na piscina, 1939

Dona Mariana
com os filhos Francisco,
Mozart e Maria Amélia,
1940

O avô paterno, general Ernesto Dornelles, irmão da mãe de Getúlio Vargas, com o neto Francisco no Grajaú, 1941

Os pais de Dornelles, Mozart e Mariana, e seus cinco filhos: Francisco, Maria Amélia (os mais velhos), Mozart, Ernesto e Mariana, 1942

Dornelles em 1942, aos 7 anos, cumprimenta Getúlio Vargas em visita do presidente à Vila Militar. Acima está o general Renato Parquet

po Escolar Duque de Caxias, Grajaú, Rio de Janeiro, 1943: Dornelles vestido com traje
l ao do presidente Getúlio Vargas e as meninas de enfermeira.

Dornelles aos 6 anos, em São João del-Rei, mascote do time de futebol local, 1941

No Esperança Futebol Clube, time amador da Tijuca, Rio de Janeiro, 1952. Francisco Dornelles é o primeiro jogador à esquerda, de pé

Mozart Dornelles e o filho Francisco em trajes de gala, no Colégio Militar, Tijuca, Rio de Janeiro, 1951

Colégio Militar, 1º Ano Científico, 1951. Francisco Dornelles é o primeiro aluno da esquerda para a direita, sentado

No Tijuca Tênis Clube, 1952. Dornelles (o segundo da esquerda para a direita, de cócoras) foi nadador do clube carioca

Da esquerda para direita: Mozart Dornelles, Getúlio Vargas e o general Ciro do Espír
Santo Cardoso no Ministério da Guerra, durante o governo democrático de Vargas, 19

Formatura na Faculdade de Direito da Universidade Federal do Rio de Janeiro – UFRJ aos 25 anos, 1960

A avó Antonina com 11 filhos, entre eles Mariana Neves Dornelles, mãe de Dornelles Tancredo Neves. Visita oficial de Tancredo, então primeiro-ministro, a São João del-R em março de 1962. A foto foi feita na casa de Tancredo, que se encontra ao lado da mã

Turma da Universidade de Nancy, França, 1964, onde se especializou em Estudos Superiores Europeus: é o segundo da direita para esquerda na segunda fila

Turma da Universidade de Harvard, EUA, 1965. Francisco Dornelles é o segundo direita para a esquerda na segunda fila de baixo para cima

Casamento de Francisco e Cecilia em 31 de janeiro de 1970

O casal Dornelles no Palácio Guanabara, 2014

Com a filha Mariana, a mulher Cecilia e a filha Luciana na comemoração de seus 85 anos, em 2020

O casal Dornelles com os netos Rodrigo e Beatriz na mesma festa de aniversário, em São João del-Rei

queriam ter o direito de tributar dentro do território fiscal brasileiro como eles quisessem".

Dornelles endureceu. Não abriu mão de seu ponto de vista. E houve o embate:

> No final da negociação, quando os alemães viram que não íamos fechar com eles, o chefe da delegação alemã, chamado Helmut Debatin, levantou-se exaltado com o desenrolar da negociação e quebrou uma garrafa na mesa. Eu quebrei outra imediatamente. "Se tiver que ser assim", avisei, "também sei negociar na base da garrafada".

Após o estrondo das garrafadas, Brasil e Alemanha demoraram a realizar um acordo fiscal.

Reportagem publicada pelo *JB* em 1974 revelou que até mesmo com países árabes Dornelles negociou acordos visando a eliminar a dupla bitributação de dividendos, juros e *royalties*, a fim de estimular os investimentos no Brasil e vice-versa. No caso do Reino Unido, os entendimentos se iniciaram em janeiro em 1976 e o acordo deveria entrar em vigor no ano seguinte. Também em janeiro de 1976 Dornelles esteve com uma missão em Washington para dar continuidade às conversações com técnicos do Tesouro dos Estados Unidos, visando a um acordo detalhado sobre impostos e direitos compensatórios.

De acordo com o ex-dirigente da Comissão de Estudos Tributários Internacionais (CETI), os Estados Unidos criaram muitas dificuldades. Houve várias rodadas de discussões sem acordo. Pois os EUA tinham grupos empresariais fortes que faziam muita pressão. Delfim Netto chegou a receber uma carta do general Carlos Alberto de Fontoura, chefe do SNI, pedindo a demissão de Dornelles, sob o fundamento de que o Brasil não estava conseguindo fechar um acordo com os EUA na questão da tributação dos lucros das empresas americanas em razão das convicções políticas do negociador e de seus familiares. Delfim rasgou a carta, mas pediu a Dornelles que tomasse cuidado.

Quando Simonsen era o ministro da Fazenda, as empresas calçadistas de Nova Hamburgo estavam sendo ameaçadas por medidas protecionistas dos EUA que resultariam num imposto de 35% a 40%. Direitos compensatórios que um país pode colocar na exportação de outro país quando acha que há uma prática desleal de comércio.

Em viagem aos EUA, ele e um grupo de técnicos se encontraram com o advogado Noel Hemendinger. O Itamaraty havia sugerido ao presidente Geisel que escrevesse uma carta ao presidente Gerald Ford. E que fizesse um protesto junto a OEA, ao GATT, e a ONU. Hemendinger não acreditou no sucesso desse caminho. E disse para os brasileiros, chefiados por Dornelles, que se quisessem que trabalhasse para o Brasil, funcionaria no segundo escalão, fazendo uma defesa na International Trade Comission. Iria provar que os incentivos dados pelos calçadistas brasileiros não atingiam o montante arguido pelos EUA. Em seguida, perguntou se havia alguma indústria americana que pudesse ser aliada do Brasil. Dornelles e seu grupo pensaram imediatamente na indústria cinematográfica americana. E voltaram para o país com esta ideia na cabeça, pensando como agir.

Assim que chegaram, reuniram-se com Simonsen. E falaram sobre a ideia de Noel Hemendinger. Convocaram então ao ministério da Fazenda Harry Stone, que era o representante número um da indústria cinematográfica americana no Brasil (Hollywood). Disseram a Harry Stone que, caso os EUA colocassem um direito compensatório de 35% sobre os calçados brasileiros exportados para os EUA, o Brasil ia aumentar o imposto pago sobre os royalties do cinema americano de 12% para 35%.

A reação do Harry, "um *gentleman*", comenta Dornelles, foi a de que não havia, obviamente, relação entre calçados e cinema, mas Dornelles então explicou que, se não existia ligação, a partir do momento em que o Brasil taxasse os *royalties*, o vínculo surgiria. Por mais inusitada que pudesse parecer, a ameaça de retaliação aos EUA deu certo, apesar de os produtos em questão serem tão díspares.

"Num certo domingo, eu estava chegando a meu apartamento no Rio, saindo da praia", conta Dornelles, "quando tocou o telefone e do outro lado falava o Jack Valenti, presidente mundial da Motion Pictures. Ele disse que havia conversado com o presidente Ford na Casa Branca. E me perguntou: 'Como é que vocês veem a hipótese de reduzirmos de 35% para 3,5% o imposto sobre os calçados?'. Enfim, ele estava propondo uma redução significativa. Eu disse que se isso ocorresse não aumentaríamos o imposto sobre o cinema. 'Então, a decisão está tomada', afirmou Valenti.

O contencioso com os EUA abrangia o lado comercial – direitos compensatórios sobre calçados, fios de algodão, têxteis, óleo de mamona, produtos siderúrgicos – que eram negociados com a Secretaria de Comércio americana, e o lado fiscal – acordo para evitar a dupla tributação, legislação de Imposto de Renda, incentivos fiscais na exportação, tributação de juros – que era negociado pela Secretaria do Tesouro. O Brasil, na área comercial, contratou o advogado Noel Hemendinger e, na área de Imposto de Renda, o escritório Arnold Poter.

Na área comercial, o Brasil arguia que os incentivos concedidos não atingiam o volume alegado pelos EUA, pois objetivavam neutralizar os elevados encargos sociais existentes no país. Na área de dupla tributação, a disputa versava principalmente sobre a tributação dos lucros das empresas e sobre o crédito presumido, no caso de o imposto brasileiro ser reduzido em decorrência do acordo. O Brasil defendia a posição de que a redução do Imposto de Renda decorrente do acordo deveria ser um benefício para o investidor, e não transferência de receita para o Fisco americano.

## LOS ANGELES, PROCURADOR-GERAL E GEISEL

Francisco Dornelles conta que, como presidente da Comissão de Estudos Tributários Internacionais (CETI) do Ministério da Fazenda, também chefiou uma delegação ao Japão, com o objetivo de fazer um acordo tributário com o governo nipônico. O voo era via Los Angeles/Tóquio. Chegaram a Los Angeles de manhã e viajariam para Tóquio no dia seguinte bem cedo. Os membros da delegação, por se encontrarem em Los Angeles pela primeira vez, revelaram ao presidente da CETI o desejo de visitar a Disneylândia. Dornelles já conhecia a região, mas, mesmo assim, achou que tinha o dever de acompanhá-los. Voltou para o quarto do hotel extremamente cansado no fim da tarde, entre 18 horas e 19 horas, e decidiu cochilar por cerca de uma hora para, em seguida, ir jantar com a delegação, mas após uma hora não acordou. Só acordaria no dia seguinte. Perdeu o jantar e, o pior, ao se levantar da cama, verificou que fora roubado:

> Tive a impressão, ao acordar, que eu tinha entrado no quarto errado. Não estavam lá a minha mala, meus documentos, não tinha nada meu dentro daquele quarto de hotel. A duras pe-

nas, imediatamente percebi que ocorrera um roubo no quarto. Fiquei sem passaporte, sem *travellers-checks*, sem roupa. Havia na delegação uma pessoa que era mais ou menos do meu tamanho... tinha dois ternos. Emprestou-me um terno e uma camisa. E passamos o dia inteiro batalhando para conseguir meu passaporte no consulado e recuperar os *travellers* no Banco do Brasil. Esse acidente provocou um atraso de 24 horas em nossa chegada a Tóquio, o que para os japoneses é um pecado mortal".

A má vontade dos japoneses, no entanto, só foi inicial. Eles compreenderam o drama do chefe da comissão fiscal brasileira e se puseram à disposição para ajudá-lo. Dornelles caíra naquele sono pesado em Los Angeles por puro cansaço, mas não pensara em se precaver contra ladrões. Estava com o dinheiro e o passaporte no quarto. "Naqueles tempos", comenta, "não se pensava muito em ladrões..."

Enquanto negociava com os japoneses, lembrou-se dos encontros com um diplomata japonês, que ia ao Rio com frequência e que um dia fez uma observação engraçada:

> Ele me procurava no Ministério da Fazenda querendo discutir tópicos de um possível acordo Brasil-Japão para eliminar a dupla tributação de renda. Falava mal o português e logicamente não entendia nada de tributação. Falei para ele que a melhor maneira de negociarmos seria constituir no Japão uma comissão de técnicos em tributação para discutir no Brasil com técnicos brasileiros a possível assinatura do acordo. O japonês então me disse: "O Brasil vai sair perdendo. Brasileiro sozinho muito inteligente, japonês sozinho burra. Muitos japoneses juntos, inteligente. Muitos brasileiros juntos, burra".

Depois, Dornelles acumularia na gestão de Simonsen a função de chefe da Área de Tributação Internacional com a de procurador-geral da Fazenda. E chefiaria a delegação do ministério da Fazenda que negociaria em Genebra o acordo de subsídios do GATT (Acordo Geral sobre Tarifas e Comércio) dentro da rodada de Tóquio, que foi de 1973 a 1979.

Um fato que considera interessante, ocorrido na administração Simonsen, revela um pouco a maneira do general Ernesto Geisel de lidar com seus ministros e com os problemas financeiros. O ministro da Viação, Dirceu Nogueira, e o do Planejamento, João Paulo dos Reis Veloso, propuseram a construção da Ferrovia do Aço. Como ministro da Fazenda, Simonsen se posicionou contra dizendo que não tinha dinheiro. O presidente Geisel fez então uma reunião no Palácio do Planalto para discutir dois assuntos: o contencioso fiscal com os EUA e a Ferrovia do Aço. Cada ministro só podia levar dois assessores. Como Dornelles estava envolvido no contencioso comercial e tributário com os EUA, foi um dos assessores convocados por Simonsen para acompanhá-lo.

Na reunião, Reis Veloso e Dirceu Nogueira continuaram a defender veementemente a construção da Ferrovia. Simonsen admitiu ser muito importante do ponto de vista dos negócios, mas continuou a afirmar que era contra devido à falta de dinheiro. "Então", conta Dornelles,

> Geisel, naquela formalidade dele, disse: "Ministro Mario Henrique Simonsen. Vou-lhe fazer uma pergunta. Se a Argentina invadir o Brasil e eu precisar de recursos para equipar as Forças Armadas, vossa excelência diria que não tem dinheiro?" A resposta de Simonsen foi a seguinte: "Neste caso eu daria um jeito,

presidente. Conseguiria o dinheiro". E Geisel concluiu: "Ministro Mario Henrique Simonsen, como a Argentina não vai invadir o Brasil, o dinheiro que o senhor reservaria para as Forças Armadas, o senhor pode destinar à Ferrovia do Aço. Está aprovado".

O resultado do projeto, na opinião de Dornelles, não foi muito bom:

Fizeram a Ferrovia no centro do Brasil. Foram muitos os problemas. Só ficaram alguns pedaços. Pararam a construção em 1978. E tudo degringolou com a crise da dívida externa.

O convite para ser procurador-geral da Fazenda aconteceu em 1975 e foi meio repentino. Dornelles ainda chefiava a comissão de tributação internacional da Fazenda quando o ministro Simonsen o convidou para o cargo. Como estava vivendo um período profissional que considerava muito positivo na área internacional, no Brasil e fora do Brasil, a princípio recusou. Disse a Simonsen que havia se especializado na área de tributação internacional e que não estava familiarizado com assuntos de natureza administrativa e patrimonial, que eram pontos fundamentais para ser um procurador-geral.

Simonsen não aceitou a recusa. Explicou a Dornelles que não estava pedindo que deixasse a área internacional, que poderia acumular as funções, indicando um procurador-adjunto e delegando para ele os assuntos com os quais não estava familiarizado. "Você pode continuar a cuidar da parte internacional, fiscal, tributária, e dos assuntos de tributação relacionados ao Ministério", disse o ministro.

E assim Dornelles foi nomeado procurador-geral da Fazenda, acumulando postos.

Quatro dias depois após a promoção ocorreu um novo encontro com o presidente Ernesto Geisel. Veio uma convocação do Palácio avisando que Geisel ia presidir uma reunião sobre a encampação das Docas de Imbituba (Santa Catarina). Nela, deveria estar presente o ministro da Fazenda e, se estivesse impossibilitado, o procurador-geral da Fazenda. "Quando eu soube desta convocação", narra Dornelles, "fui até ao Simonsen aconselhando que me demitisse, pois eu não sabia nada de Docas de Imbituba. Nem sabia onde ficava".

Simonsen afirmou, em tom de gozação:

> Você vai sim, você vai... deve ser uma mesa muito grande, comprida, com muita gente... representantes das Docas de Imbituba, representantes do Ministério do Trabalho, Ministério do Transporte, o presidente das Docas, representantes do setor privado, donos das Docas, o consultor geral da República, o almirante... Você senta num lugar o mais longe da cabeceira e fica quieto.

A princípio, Dornelles achou que entrou numa furada:

> Fiz isso. Sentei bem longe, lá na ponta da mesa. As reuniões com Geisel, no Palácio do Planalto, tinham hora marcada, de 3h a 4h... A turma ficava falando e eu olhando o relógio, vendo o tempo passar. Faltavam 5 minutos para acabar quando o Geisel, com a formalidade de sempre, diz: "Quero ouvir agora o senhor procurador-geral da Fazenda, Francisco Neves Dornelles".

A vontade do novo procurador-geral da Fazenda era fugir daquela situação, mas não tinha jeito, tinha que dizer alguma coisa:

> Respirei fundo, tomei coragem, e disse: "Presidente, eu acompanhei com a maior atenção os argumentos jurídicos apresentados pelos procuradores e advogados presentes e não tenho nada a acrescentara a esses argumentos. Mas devo dizer ao senhor que não compreendi o que eles desejam. De modo que eu faço a seguinte proposta: os ministérios envolvidos no caso indicam de forma clara o que eles realmente querem e a Procuradoria-geral da Fazenda dará o parecer jurídico ratificando a posição que tomarem".

Para espanto e alívio de Dornelles, Geisel pensava o mesmo e aprovou a proposta: "Não entendi também nada do que vocês falaram. Vocês falem com o procurador-geral da Fazenda o que vocês querem e ele dará um parecer". Enfim, a participação de Dornelles, com a qual ele estava tão temeroso, foi fundamental.

Posteriormente foi chamado por Golbery para resolver uma questão com a França. Geisel ia visitar este país, e desde os anos 1940 havia o contencioso criado quando Getúlio Vargas encampou o Banco Franco-Brasileiro. Mandaram esse assunto para a Procuradoria. Imediatamente, Dornelles e sua equipe encontraram uma solução, assinaram um acordo e Geisel pode ir à França sem contencioso.

Como procurador-geral da Fazenda, Dornelles representou o governo federal nas discussões e na votação no Congresso Nacional dos projetos da Lei das Sociedades Anônimas e da Comissão de Valores Mobiliários, ambos de autoria dos advogados José Luís Bulhões Pedreira e Alfredo Lamy. De acordo com ele, "Bulhões fez um trabalho fantástico, mas como todo autor de projeto de lei, resistia muito a qualquer mudança no que escrevera, principalmente quando se tratava de piorar o texto".

Felizmente, deu para negociar:

> No caso da Lei das S.A., deputados e senadores pioraram pouca coisa. Tivemos um trabalho enorme para impedir modificações no projeto de Bulhões e Lamy, que foi praticamente aprovado na íntegra pelos deputados e sofreu pequeníssimas mudanças no Senado. Facilitou muito o meu trabalho o fato de o relator da Lei das S.A. na Câmara ter sido o então deputado Tancredo Neves. Tancredo tinha com o Bulhões o melhor relacionamento, mesmo porque Bulhões participou da redação do programa de governo do Tancredo quando ele assumiu o cargo de presidente do Conselho de Ministros do Parlamentarismo (1961). Ou seja, quando foi primeiro-ministro.

A Lei das S.A. foi aprovada em 15 de dezembro de 1976 e a CVM, que tinha como modelo a *Securities and Exchange Commission* americana (SEC), foi criada dias antes da Lei das S.A., em 7 de dezembro de 1976. O primeiro presidente foi o economista Roberto Teixeira da Costa.

Bulhões Pedreira ainda foi o autor do decreto-lei 1.598 que adaptou a legislação do Imposto de Renda à Lei das S.A. Foi um trabalho da maior complexidade, que estabeleceu o tratamento fiscal do lucro inflacionário, o que permitiu que as empresas conseguissem sobreviver ao período da hiperinflação.

Foi durante esse período da votação da Lei das S.A. na Câmara que Dornelles foi informado que Tancredo, relator da matéria, ficava às vezes de 1 a 2 horas sentado na sala de espera de um chefe de departamento do Ministério da Fazenda. Tratava-se do dr. Paulo de Tarso Campolina de Oliveira, chefe de departamento da área de orçamento do Ministério da Fazenda. Decidiu ir falar com Tancredo. E perguntou ao tio qual era o assunto que ele procurava resolver lá, tendo observado que não fazia sentido ele esperar tanto tempo para falar com o chefe de departamento de orçamento, sendo ele deputado federal e relator da Lei das S.A.

Tancredo esclareceu que, como deputado, tinha que lutar por verbas para os municípios de Minas. Obter a liberação de verbas. E que essa era a razão de se encontrar ali, à espera do Campolino. Dornelles, por sua vez, retrucou: "Por que não fala diretamente com o ministro Simonsen, que teria o maior prazer em recebê-lo".

Tancredo deu mais uma lição a Dornelles da qual ele nunca se esqueceria:

> Pela experiência que eu tenho quem menos manda no Ministério é o ministro. E menos do que o ministro só o presidente da República. Realmente esse secretário me faz esperar um pouco, mas, quando ele me recebe, ele me libera tudo o que quero para os municípios. Sou o candidato da oposição que mais libera verbas neste governo.

Assim, Dornelles ficou sabendo que as decisões não aconteciam no topo do poder, mas nas camadas médias. Um parecer contrário de alguém do segundo ou do terceiro escalão parava todo o processo. Ele não se esqueceria disso quando foi ministro da Fazenda de Sarney, ministro da Indústria e do Comércio e ministro do Trabalho de Fernando Henrique Cardoso. Sempre ficaria muito atento ao terceiro escalão ou aos chefes de departamento. Mesmo assim, achava que mandava nos ministérios. Quando deixou os cargos descobriu que mandava menos do que pensava.

# O LEÃO DA RECEITA

No fim da gestão no CETI e na Procuradoria da Fazenda, Dornelles ainda participou de uma reunião do GATT (Acordo Geral de Tarifas e Comércio), em Genebra, chefiando a delegação do Ministério da Fazenda. Na ocasião, dentro da Rodada Tóquio, "foi assinado por todos os membros o acordo de subsídios e direitos compensatórios".

Marco na história do comércio internacional, a Rodada ou Ronda Tóquio, que foi de 1973 a 1979, foi realizada num quadro bem distinto das anteriores. Os principais resultados do acordo entre os países membros do GATT foram: redução da tarifa média sobre produtos industriais em 30%; elaboração de códigos que visaram a regular os procedimentos de várias barreiras não tarifarias; sistema de licenciamento para importações; barreiras técnicas; compras governamentais; acordo sobre subsídios e direitos compensatórios e medidas *antidumping*.

Em março de 1979, Dornelles assistiria a transmissão do governo Geisel para o governo João Figueiredo; a ida do ministro Simonsen da Fazenda para o ministério do Planejamento; de Delfim Netto para o ministério da Agricultura, e a nomeação de Karlos Heinz Rischbieter para o ministério da Fazenda. Simonsen o havia convidado para chefiar a Carteira de Comércio Exterior do Banco do Brasil (Cacex), mas um novo convite surgiria:

> Eu estava no Galeão voltando de Genebra, ainda por causa de meu trabalho relacionado com o código de subsídios, quando encontrei o ministro João Camilo Penna, que era um grande amigo. Ele fora secretário de Finanças do Aureliano Chaves em Minas e estava sendo cotado para o ministério das Minas e Energia na equipe de Figueiredo. Camilo afirmou: "Estão dizendo que o senhor vai para a Cacex...eu gostaria muito que o senhor ficasse comigo no ministério de Minas e Energia".
> Disse a ele: "Camilo, eu não entendo nada de Minas nem de Energia. Se tivesse que escolher um lugar para mim, eu gostaria de ser secretário da Receita Federal". Prontamente, ele se dispôs a intervir: "Amanhã por acaso eu vou estar com Rischbieter em Londres e peço sua autorização para falar sobre isso com ele".

Em razão de uma mudança de último momento, João Camilo, na realidade, foi para o ministério da Indústria e do Comércio. No dia seguinte daquela conversa no aeroporto, no Brasil, Dornelles recebeu um telefonema de Rischbieter, de Londres, dizendo o seguinte: "Eu gostaria de convidá-lo para ser o secretário da Receita Federal. Nunca pensei que você trocaria a Procuradoria da Fazenda Nacional pela Secretaria da Receita Federal, mas me trouxe um alívio muito grande saber que você aceita o desafio de comandar a Receita. Pode pensar na equipe. Renovação é sempre importante. Tem alguma observação a fazer?"

Dornelles respondeu: "Acho importante que a Receita venha a ter o controle do Serpro". "Para levantar os dados das pessoas?", indagou Rischbieter. "A Receita precisa ser automatizada. O Serpro existe para isso", observou Dornelles. Rischbieter em seguida perguntou a Dornelles se ele se dava bem com Dion. "Eu disse que gostava muito de Dion", conta ainda Dornelles. "Vamos modificar o Serpro, então", afirmou então o futuro ministro da Fazenda de João Figueiredo.

O piauiense José Dion de Melo Teles, formado em engenharia eletrônica pelo Instituto Tecnológico de Aeronáutica (ITA), presidiu o Serviço de Processamento de Dados (Serpro) de 1967 a 1974 e depois foi dirigente do CNPq de 1975 a 1979. A convite de Rischbieter e Dornelles, voltaria a presidir o Serpro de 1979 a 1986. Sob sua direção foram criados o CPF, o CNPJ (à época CGC), o sistema informatizado de Imposto de Renda e o controle da execução do orçamento federal (SIAFI).

O que Dornelles queria é que o sistema informatizado de Imposto de Renda permitisse o cruzamento de dados: "O primeiro cruzamento que fiz foi das despesas médicas em declarações de renda... deu um bolo danado". Ficaria na Secretaria da Receita Federal de 1979 a 1985, com Rischbieter como ministro da Fazenda e depois com Ernane Galvêas, quando este ocupasse o cargo. Com a turbulência causada pelo segundo choque do petróleo em 1979 e seu impacto na economia brasileira, Simonsen deixaria o Planejamento. Foi substituído no ministério por Delfim Netto, até então ministro da Agricultura. Simonsen queria uma economia de guerra, bem dura do ponto de vista fiscal, o que não foi aceito, e Delfim prometeu maior flexibilidade e crescimento econômico.

Assim que assumiu a Receita Federal, Dornelles já deixou bem clara sua intenção de agir duramente contra as pessoas que fraudavam o Fisco ou cometiam ilegalidades. De acordo com o *Jornal do Commercio* de 27 de julho de 1979, em entrevista coletiva concedida à imprensa, o novo secretário da Receita Federal revelou que colocara fiscais para vigiar pessoas físicas, cariocas e paulistas, suspeitas de serem os maiores contrabandistas do país. Ao mesmo tempo, a Receita estava realizando uma rigorosa fiscalização nas declarações de renda dessas pessoas, a fim de comprovar fraudes que encobriam aumentos não declarados de patrimônio, ou outras melhorias de condições de vida nos últimos anos.

Francisco Dornelles informou ainda, na mesma ocasião, que a fiscalização nos aeroportos havia sido intensificada para evitar que pessoas, algumas do próprio governo, transportassem valores acima das cotas oficialmente estabelecidas ao reingressarem ao país. Além de funcionários públicos de segundo e terceiro escalões, ele também se referiu a integrantes da chamada alta sociedade que agiam como se tivessem imunidade tributária. Dornelles havia participado da primeira reunião da Comissão de Planejamento e Coordenação de Combate ao Contrabando (COPLANC). Segundo ele, já vinha sofrendo pressões devido a essa iniciativa contra o contrabando. Observou, então: "O fato de pessoas trabalharem para o governo não lhes dá o direito de trazer mercadorias do exterior além do que é permitido aos cidadãos comuns".

Um outro passo que deu de imediato ao assumir sua nova função foi o de realizar uma grande reforma na estrutura da Receita Federal. Criou coordenações e abriu concurso para técnicos jovens participarem da administração. Defendeu um sistema tributário apoiado em impostos progressivos sobre a renda, seletivos sobre o consumo e sobre o patrimônio imobiliário. Eliminou a incidência do Imposto sobre Produtos Industrializados (IPI) sobre mais de duzentos produtos fabricados por pequenas e médias empresas que utilizavam mão de obra intensiva e matéria-prima nacional. E isentou as microempresas de Imposto de Renda.

Além disso, já nos tempos de Galvêas como ministro da Fazenda (exerceu a função de janeiro de 1980 a março de 1985), ele propôs o fechamento de cem agências da Receita. Tratava-se de uma medida delicada, porque mexia com feudos políticos. Tanto que houve um protesto geral na Câmara e no Senado contra a proposta do novo secretário da Receita Federal, o que foi manifestado por meio de violentos discursos e até de ameaças. Já esperando uma forte reação, Dornelles pediu ao secretário de Administração que não incluísse a agência de Santo Antônio do Monte na lista das que seriam fechadas, por ser uma terra dominada politicamente pelo senador Magalhães Pinto. O fechamento, no caso, poderia ter implicações políticas em Minas Gerais. No entanto, houve um descuido e a referida agência foi incluída na relação de fechamento. Eis o fim dessa história bem inusitada, pois quem poderia imaginar que agências da Receita criassem tanta celeuma?

Durante a onda de protestos, o senador Magalhães Pinto não se pronunciou, mas depois me telefonou pedindo de maneira muito firme, porém serena e educada, que a agência de Santo Antônio do Monte continuasse aberta. Expliquei a ele que não poderia abrir um precedente, pois isso implicaria uma sucessão de reivindicações. Então, Magalhães Pinto retrucou: "Eu vou te fazer um último pedido... já que não pode reabrir, você pode esquecer de fechar?". Como eu sabia que os trâmites burocráticos para o fechamento ainda não tinham sido realizados, disse a ele: 'Pode deixar. Eu vou esquecer de fechar, senador'. Com isso, a agência da Receita em Santo Antônio do Monte continuou aberta.

A redução no número de agências, explicou, não provocou desemprego algum. Os funcionários eram de carreira e foram alocados em delegacias ou em outras agências. O objetivo principal da medida era reduzir custos. "A Receita tinha dez superintendências, além de delegacias e agências. E havia também a utilização dos bancos como instrumento de arrecadação, recebendo dinheiro, o que diminuía a necessidade de haver agências em várias cidades do país. Mas o choro dos políticos foi grande".

A implacável ação de Dornelles à frente da Receita Federal, que o levaria a ser alcunhado pelos contribuintes pessoas jurídicas e pessoas físicas de "Leão da Receita", estava apenas começando. Nem todas as medidas, no entanto, foram mal recebidas, pois houve aquelas que tiveram um resultado benéfico. Foram muito positivos, por exemplo, os efeitos da isenção de IPI para os táxis, benefício adotado devido a uma ordem de Figueiredo:

> A isenção do IPI para táxis foi uma posição muito interessante do Figueiredo. Ele nos mandou uma ordem e na Receita os

pareceres foram contrários. Galvêas informou a Figueiredo mas ele disse que não ia ler os pareceres: 'Eu estou determinando que os táxis a partir de agora tenham isenção. Por isso, nem vou ler parecer. Já convoquei os taxistas para fazerem a festa da isenção'.

Meio que a contragosto, Dornelles preparou o ato de isenção de IPI para os taxistas, mas depois verificou que se tratava de uma medida muito positiva para a economia:

> Depois verificamos que a medida não trouxe nenhuma perda de receita para o Governo. Sem isenção, os taxistas não compravam carro. Então, não havia receita nenhuma! No momento em que demos a isenção, eles começaram a comprar carros. Passamos a ganhar outros recursos, como Previdência e Imposto de Renda na fonte. De modo que foi o tipo de isenção que implicou aumento de arrecadação.

E tudo começou com a firme decisão de Figueiredo: "Não estou pedindo parecer da Receita. Se vier parecer para mim, eu rasgo! Já tomei a decisão".

Na fiscalização, Dornelles foi irredutível. Em 7 de agosto de 1979, segundo matéria publicada no *Jornal do Commercio*, ele anunciou que 6 mil empresas, selecionadas pelas dez superintendências regionais da Receita, estavam sendo submetidas a um programa extraordinário de fiscalização de tributos federais. Entre os quatorze itens a analisar, havia rendimentos do trabalho assalariado, juros de obrigações ao portador, deságio sobre títulos de crédito, rendimentos de aluguéis e *royalties*. As visitas dos fiscais, que totalizavam 1.600, se iniciariam em setembro.

Para que não fossem surpreendidos pela ação da Receita, antes os empresários receberiam uma carta. Eis o que Dornelles afirmou ao divulgar publicamente a medida:

> O programa não visa a prejudicar qualquer contribuinte e a carta não deve ser vista como uma notificação. Seu objetivo é evitar que o contribuinte esteja sujeito a surpresas. A intenção da Secretaria da Receita Federal é estender nos próximos meses este programa ao IPI e ao IR da pessoa jurídica.

Em outubro de 79, ainda de acordo com o *Jornal do Commercio*, Dornelles fez uma séria ameaça às empresas cariocas. Em visita ao Rio, afirmou o seguinte: "Vim ao Rio para sacudir a fiscalização. Atualmente temos 211 fiscais no Rio analisando as declarações de renda das pessoas jurídicas no estado. Vou colocar mais 200". Dito isso, aconselhou aos devedores de Imposto de Renda a procurar as repartições competentes, tendo alertado que a Receita já podia pedir a prisão administrativa de alguns contribuintes cariocas pelo crime de sonegação fiscal. Enquanto a arrecadação tributária federal havia aumentado em termos reais 5,89%, a da 7ª Região Fiscal (Rio e Espírito Santo), crescera apenas 4,15%, informou.

Sempre visando a combater abusos e encontrar irregularidades, de acordo com o *Jornal do Brasil* publicado em 9 de janeiro de 1980, o Secretário da Receita Federal anunciou que estava colocando 260 agentes para analisar a contabilidade fiscal das empresas paulistas e cariocas que haviam aumentado o preço injustificadamente, após uma maxidesvalorização cambial. Elas poderiam ser enquadradas em crime contra a economia popular. A inflação prevista para 1980 deveria ficar em torno de 45% a 50% ao ano.

Neste caso, a Receita Federal estava trabalhando em conjunto com a Secretaria de Abastecimento e Preços (SEAP), cujo chefe na ocasião era Carlos Viacava. Entre as empresas que seriam fiscalizadas, encontravam-se indústrias de alimentos, supermercados, lojas de departamentos, hospitais, clínicas médicas, odontológicas, laboratórios, farmácias, colégios, faculdades e outras casas comerciais. O processo de "malha fina" seria extremamente cuidadoso, incluindo declarações de Imposto de Renda, recolhimento de IPI, análise do lucro das empresas e comparação com o padrão de vida de seus dirigentes. Em fins de janeiro, já tinham sido autuadas 659 empresas. E os preços desceram um pouco.

As empresas não poderiam dizer que haviam sido pegas de surpresa, porque em 28 de dezembro de 1979 Dornelles alertara que Viacava entregaria no início de janeiro a lista com os nomes das pessoas jurídicas cujas declarações de renda seriam minuciosamente investigadas e que, "se fosse detectado aumento de preço indevido, o governo desejava uma parte desse lucro, mesmo que fosse especulativo". As penalidades, também avisou o secretário em reportagem publicada no *JC*, seriam as seguintes; os dirigentes das empresas teriam que pagar 35% sobre o lucro obtido com a elevação indevida do preço; no caso de impostos que tivessem deixado de recolher no prazo legal, a multa seria de 50% do valor sonegado e mais a correção monetária. Se fosse detectada fraude fiscal, a multa subiria a 225% do imposto devido.

Em fevereiro de 1980, Dornelles disse que queria aumentar a arrecadação da receita tributária para um nível superior à meta de CR$ 759 milhões. Não haveria elevação de alíquotas de imposto, prometeu. A melhoria no resultado fiscal seria obtida por meio da localização dos contribuintes que não estavam cumprindo suas obrigações com o Fisco.

A partir de março, o Serviço Federal de Processamento de Dados (Serpro) passou a atuar firmemente como parceiro da Receita Federal na fiscalização. De posse das informações fornecidas pelo Serpro, os superintendentes e delegados da Receita teriam condições de acompanhar mensalmente a situação de cada empresa e verificar quais as que estavam deixando de arrecadar os tributos devidos. Antes de adotar medidas punitivas, Dornelles se propunha a conversar com os dirigentes das empresas inadimplentes. No caso das pessoas físicas, a Receita, afirmou o secretário, ia divulgar quais haviam sido as principais práticas fraudulentas encontradas em 1979 para que não se repetissem em 1980. Enfim, o "Leão" começava a rugir.

E prometia uma devassa fiscal. Tanto que no primeiro ano de sua gestão, Dornelles não combateu apenas o lucro indevido e o não cumprimento de obrigações fiscais. Ainda em 1980 adotou uma medida que teve imensa repercussão, tendo se tornado manchete do *Jornal do Brasil* de 17 de abril. A Receita resolveu taxar o ganho de capital. Ou seja, estabeleceu que todas as rendas não tributáveis ou só taxadas na fonte, declaradas no Imposto de Renda de 1980, ano-base 1979, pagariam um empréstimo compulsório de

10% sobre o que excedesse CR$ 4 milhões. Esse empréstimo seria recolhido em dez parcelas iguais e devolvido também em dez parcelas a partir de 1982. Dornelles estimava que 32 mil pessoas físicas seriam atingidas pela nova regra e que a Receita teria condições de arrecadar para o Tesouro mais CR$ 32 bilhões a CR$ 37 bilhões. Com o anúncio da voraz mordida do Leão, a Bolsa do Rio paralisou as operações, tendo fechado com queda de 2,5%.

Por essas e outras atitudes "leoninas", que continuaram a ser adotadas nos anos seguintes, Dornelles ficou consagrado como um fiscal austero, que conseguia bater recordes de arrecadação. A Operação Malha aterrorizava a todos os contribuintes, ao passar um pente-fino nas declarações com restituição e imposto a pagar. Quem tivesse recolhido menos teria que complementar. O secretário da Receita reconhecia que a carga tributária paga pelos brasileiros era elevada, mas dizia que uma reforma fiscal só seria possível com a queda da inflação.

Em maio de 1981, a Receita anunciou que os contribuintes que haviam recebido devolução, se tivessem ficado presos na Operação Malha, seriam obrigados a pagar o que deviam. Para facilitar o pagamento dos contribuintes com dívida, a Receita permitiu o parcelamento, mas disse que arcariam com correção monetária, multa, e juros de mora. Em fins de 81, facilitou um pouco, segundo matéria publicada no *JB*, anistiando os contribuintes das multas e juros de mora, caso quitassem as dívidas de uma vez só.

Em 31 de janeiro de 1982, saiu a seguinte nota na coluna do Zózimo no *Jornal do Brasil*:

O apetite do Leão anda incontrolável. Tanto que o Ministério da Fazenda já está contando como certa arrecadação este ano em Imposto de Renda de Cr$ 4 trilhões. Isso com a correção na fonte de 90%. Se calculado com as percentagens anteriores, chegaria a Cr$ 5 trilhões.

Em julho de 82, a coluna Informe Econômico dizia que o Leão estava com apetite insaciável, pois, "depois de taxar os lucros imobiliários e arrecadar no primeiro semestre mais 104% do que em igual período de 81 (3,2% reais), o secretário da Receita Federal Francisco Dornelles pôs por terra qualquer esperança de revisão na tabela de Imposto de Renda". Felizmente, a tabela, no entanto, seria corrigida em outubro.

Pois nem sempre Dornelles era tão implacável. Ele anunciou em 1982 que em 1983 as despesas com psicólogos poderiam ser abatidas na íntegra do Imposto de Renda, uma antiga reivindicação da categoria. Os comprovantes deveriam ser guardados pelo paciente para serem apresentados, caso solicitado. E, em 26 de setembro de 83, a Receita apoiou a cultura, tendo anunciado que permitiria o abatimento da compra de jornais e livros em geral, sem limite de dedução.

Em compensação, o contribuinte de mais alta renda deveria arcar com uma alíquota de IR de 60% – até então a alíquota maior era de 55% – e a pessoa física também teria a alíquota aumentada para 35%. O objetivo do pacote tributário era arrecadar mais Cr$ 2 trilhões em 84, a fim de reduzir o déficit público.

Ser secretário da Receita Federal de 1979 a 1985, além de fazer com que Dornelles nesse período estivesse sempre nos jornais, sendo citado quase que diariamente em notas e reportagens sobre o Imposto de Renda e outras taxas governamentais, também fazia com que fosse procurado por amigos e até mesmo desconhecidos, que lhe apresentavam os pedidos os mais estapafúrdios ou incongruentes possíveis.

Por exemplo: quando Juscelino construiu Brasília, ele fez a doação de terrenos a alguns empresários com a condição de que edificassem um hotel. Para isso teriam isenção de impostos. Só que um dos beneficiados recebeu a terra e não fez o hotel a tempo, isto é, perdeu o prazo estipulado. Procurou, então, Dornelles: "Mesmo fora do prazo, ele queria vender o terreno que gratuitamente sem arcar com imposto sobre ganhos de capital. Estudei o assunto e só havia um terreno em Brasília que preenchia aqueles requisitos todos: doação de Juscelino, isenção de imposto, perda do prazo para a construção do hotel, que era o dele". O empresário ainda afirmou a Dornelles que quando pediu ao advogado para redigir a minuta do Decreto-lei, recomendou que ele fosse redigido de forma a beneficiar exclusivamente o seu terreno. Além disso, disse, "o Fisco não perde nada com a isenção. Pois sem ela, não venderei o terreno e com ela vendo o terreno, um hotel será construído e pagará imposto pelo resto da vida".

A cara de pau do empresário impressionou Dornelles, mas o projeto de Decreto-lei não foi levado em consideração.

Duas outras historietas dos tempos em que foi secretário da Receita foram tão inusitadas que Dornelles nunca as esqueceu. A primeira é sobre uma senhora do Rio de Janeiro que telefonou a Dornelles denunciando uma rede de contrabando de carros Mercedes-Benz através do Paraguai. Dornelles pediu a Helio Loyola que ligasse para a senhora. Helio era o diretor-executivo da Comissão de Planejamento e Coordenação de Combate ao Contrabando (COPLANC), um auditor linha dura. Com base nas informações recebidas, imediatamente entrou em ação, tendo determinado a apreensão de vários Mercedes-Benz e a prisão de inúmeros contrabandistas.

Semanas depois, quando a operação já estava sendo realizada, a senhora telefonou para Helio pedindo a ele que a fiscalização fosse atenuada. Alegou que o contrabandista que chefiava a operação era seu marido. Ela o havia denunciado numa crise de ciúmes. Helio, com a rigidez que sempre o caracterizava, disse à informante que não aliviaria a operação e que, se ela continuasse a se meter no caso, também receberia ordem de prisão. "Foi uma operação gigante de contrabando de Mercedes-Benz, motivada por ciúmes, que aumentou muito o prestígio de Helio Loyola junto aos órgãos do governo", diz Dornelles.

A outra historieta chega a ser quase risível, para não dizer absurda:

> Quando eu era da Receita, havia um homem que me procurava em tudo que é lugar, pedindo minha ajuda para publicar a tese dele. Estava sempre à minha cata. Sai um dia do elevador do Ministério da Fazenda e ele me pediu novamente que publicasse a tese. Desta vez não tive como escapar. Perguntei qual era a tese... "Sobre a Inconfidência Mineira", respondeu. Tendo acrescentado logo em seguida: "Tiradentes nunca existiu". Eu disse: "Sua tese é absurda, mas como no Brasil muitas vezes o absurdo vira verdade, eu não vou ajudar você a publicá-la

porque se for considerada verdadeira, ela faria da História do Brasil uma balbúrdia".

Um incidente o aborreceu muito. A coordenação de Fiscalização informou-lhe que a arrecadação do setor de hotelaria estava quase nula. Dornelles resolveu então convocar a imprensa avisando que dentro de trinta dias a Receita faria uma devassa no setor e que seria importante que ele começasse a regularizar sua situação fiscal. Esse tipo de procedimento já havia sido utilizado algumas vezes e apresentado bons resultados, mas houve problemas:

> Avisei ao coordenador que não queria que auditor algum entrasse em hotéis ou motéis para exercer a fiscalização antes que a Receita verificasse o resultado do anúncio. Dois auditores da Receita, por conta própria, foram fiscalizar um motel em Brasília. E desapareceram. Mobilizei a Polícia Federal, a polícia de Brasília, o SNI e todos os órgãos de segurança do governo, que nunca conseguiram descobrir quem sumiu com os auditores. Até o fim de minha estada na Receita cobrei dos órgãos mencionados que não conseguiram sequer uma pista que pudesse esclarecer o sumiço dos auditores.

Como ficou na Receita Federal por seis anos, são inúmeros os outros "causos" estranhos ou interessantes ocorridos no período em que era o todo poderoso chefão da Secretaria da Receita. Um deles se refere à indústria de cigarros. Por ser a principal arrecadadora de IPI no Brasil, era a mais vigiada pela Receita Federal. O IPI era pago de dez em dez dias e as fábricas tinham que avisar o dia e o banco em que faziam o pagamento. As reuniões com o setor fumageiro eram frequentes. Numa dessas reuniões, Dornelles e seus técnicos ameaçaram o setor, alegando que a arrecadação estava baixa, e disseram que em decorrência disso aprofundariam a fiscalização. Várias ações foram discutidas com a indústria fumageira, que concordou com todas as propostas da Receita.

Ao término da reunião, o presidente de uma das grandes fábricas de cigarro, em tom de brincadeira, disse a Dornelles: "Existe alguma coisa mais que nós possamos fazer?" Também em tom de brincadeira ele respondeu: "Vocês podiam fazer uma campanha publicitária mandando o povo fumar mais".

No outro dia, a manchete de primeira página do *Jornal do Brasil* foi a seguinte: "Dornelles manda o povo fumar". A notícia, obtida pelo jornalista Heitor Tepedino, deu veracidade à brincadeira. E teve uma consequência séria:

> Apanhei pesadamente na imprensa nacional e tornei-me pessoa não grata em vários municípios de diversos países, como foi o caso da Suécia e do Canadá. Fiz grande esforço para explicar o fato, mas não obtive nenhum sucesso. Desse acontecimento, eu compreendi que quando a imprensa gosta de uma notícia não adianta tentar retificá-la ou desmenti-la. Heitor Tepedino, jornalista da maior competência, tornou-se um grande amigo meu. Hoje é fazendeiro no Estado do Rio. Seu filho foi meu assessor no Senado, onde atuou com a mesma competência do pai.

E houve também histórias envolvendo o processo de desburocratização. Foi constituída na Receita a Coordenaria da Modernização. Trabalhava em conjunto com o Ministério de Desburocratização do Hélio Beltrão, que, segundo Dornelles, foi uma das pessoas que mais o impressionou na vida pública, "por sua educação, competência, pragmatismo". A Coordenadoria criada na Receita criou um prêmio para os funcionários que fizessem propostas para eliminar procedimentos burocráticos. Consequentemente, foi um sucesso completo o trabalho em conjunto feito com Hélio Beltrão. Milhares de documentos deixaram de circular na Receita.

O ministro de Desburocratização era um homem pragmático. Como secretário da Receita, Dornelles publicou uma portaria sobre comércio exterior. Foi um trabalho do qual participaram os melhores auditores aduaneiros. Ele considerava a portaria uma verdadeira obra-prima, que iria solucionar todas as controvérsias existente no setor aduaneiro. Semanas depois, o ministro Hélio Beltrão, acompanhado por assessores de seu ministério, foi à Secretaria da Receita para discutir a portaria baixada por Dornelles. E o resultado do encontro foi o seguinte:

> Hélio disse-me que havia, junto com seus técnicos, dedicado vários dias para entender a portaria e que, com base nos estudos que fizeram, haviam concluído que "somente os contrabandistas seriam capazes de cumprir todas as exigências por ela estabelecidas". A exposição do ministro foi tão convincente que na mesma hora providenciei a revogação da portaria.

A reunião com Hélio Beltrão e seu grupo teve vários momentos agradáveis, relembra Dornelles. Hélio contou que para convencer Figueiredo de que era necessário acabar com o reconhecimento de firmas, levou-lhe uma petição de mudança de residência, assinada pelo marechal Cândido Rondon. E mostrou ao Figueiredo: "Presidente, aqui está a petição. Troca de residência assinada por Rondon com a data de ontem. O senhor vê que reconhecimento de firma não vale nada". Figueiredo afirmou: "Quando você fizer essas brincadeiras, não coloca o nome de marechal, não...por que você em vez do marechal Rondon não colocou o nome de Rui Barbosa?"

Enquanto estava na Secretaria da Receita Federal, Dornelles foi membro do Conselho Diretor do Serpro, de 1983 a 1985, e presidente da COPLANC de 1981 a 1985. Também faziam parte da COPLANC o chefe do SNI (Newton Cruz), o chefe do Parasar, representantes da Marinha, Cenimar, Aeronáutica, Exército etc. Como dirigente do Fisco na época das Diretas Já, da campanha em prol da anistia e da reabertura política do país, ele diz ter sido um puro tecnocrata:

> Como raciocina um tecnocrata? Não tem visão social. Já eu não ligava para partido político, não ligava para eleição. Não participei, por exemplo, da campanha das Diretas. Minha função de técnico, funcionário, é o que me interessava.

E foi como tecnocrata que utilizou "o Leão" com maior desenvoltura, ou seja, com o trabalho melhor coordenado com o Serpro e com o Ministério de Desburocratização. O objetivo permanente era aumentar a arrecadação da Receita Federal para ajudar a reduzir o déficit público e combater a inflação, que em 1984 chegou a 215%.

# TANCREDO CANDIDATO A GOVERNADOR

Por mais tecnocrata que o fosse, impossível, no entanto, para Francisco Dornelles, ficar distante da política tendo um tio como Tancredo Neves. Em 1982, Tancredo, que estava exercendo o mandato de deputado federal, quis disputar o governo de Minas. Após a vitória, convidou Dornelles para ser secretário na área de finanças, mas este ponderou que poderia ajudá-lo mais como secretário da Receita Federal do que como secretário de finanças em Minas. Tancredo concordou e colocou na secretaria de Fazenda Rogério Mitraud e, no Planejamento, Ronaldo Costa Couto. Os dois haviam trabalhado no Rio de Janeiro com o governador Floriano Peixoto Faria Lima.

Tancredo se candidatou em Minas pelo PMDB (fusão do Partido Popular e o MDB). O seu principal concorrente era Eliseu Resende, candidato do PDS. Um dia, durante a campanha, Tancredo foi à casa de Dornelles em Brasília e contou que estava passando por dificuldades, já que dispunha de pouco dinheiro para financiar a eleição, enquanto que Eliseu dispunha de um montante bem elevado de recursos. Disse-lhe ainda que, se pudesse ajudá-lo, sem se prejudicar, a ajuda seria bem-vinda. Dornelles resolveu agir:

> Levei o caso ao Golbery, que havia deixado a Casa Civil e tinha uma espécie de fixação: a de impedir a eleição de Mário Andreazza. Ele sabia que a vitória do Eliseu Resende em Minas daria muita força a uma futura candidatura de Andreazza para presidente da República.

E aí aconteceu o seguinte:

> Dias depois, Golbery encontrou-se com Tancredo na casa de Antônio Neves, em São Paulo, levando consigo o empresário Paulo Maluf, que estava ciente da importância da derrota de Eliseu em Minas para enfraquecer a possível candidatura de Andreazza. Maluf, através de seu comitê, colocou gráficas mineiras à disposição do comitê de Tancredo, bem como um razoável número de carros. O que Golbery e Maluf nunca poderiam imaginar, naquele momento, é que o homem cuja vitória em Minas estavam procurando ajudar deixaria dois anos depois o governo estadual, tornando-se candidato vitorioso à presidência da República, derrotando exatamente Paulo Maluf.

Outro episódio curioso sobre a candidatura de Tancredo envolve a deputada federal Ivete Vargas. Segundo Dornelles, quando ele morava em Brasília, Ivete, que era uma contraparente muito amiga da família, se hospedava na casa dele e de Cecilia. Ligadíssima a Golbery, teve muita ajuda do ex-chefe da Casa Civil de Geisel para se apropriar da legenda do PTB antes de Brizola, obrigando-o a criar o PDT. Uma noite, lá pelas duas horas da madrugada, Dornelles percebeu que Ivete chorava na sala. A explicação dela para a torrente de lágrimas foi o fato de ter se desentendido com Tancredo durante o jantar comemorativo do aniversário do jornalista Castelinho. Tancredo disse a ela que, caso Brizola tivesse ficado com a legenda, o PTB cresceria mais e ganharia mais força política.

Tancredo iniciou a campanha para governador em Minas. O governo Figueiredo mudara as regras do jogo, criando o voto vinculado. Isso obrigaria o PTB a lançar candidato ao governo de Minas, o que atrapalharia imensamente a candidatura de Tancredo. Ele contou a Dornelles o que acontecera na festa de Castelinho e disse que não se sentia à vontade para pedir diretamente a Ivete que não lançasse candidato em Minas, pela legenda do PTB, e solicitou-lhe ajuda para contornar a situação.

Dornelles foi ao apartamento de Ivete no Rio e falou-lhe da importância de Tancredo vencer a eleição. Para isso, era fundamental que o PTB não apresentasse candidato a governador em Minas e apoiasse Tancredo. Ela observou que se fosse Brizola que estivesse controlando o PTB em Minas, como Tancredo queria, com certeza o político gaúcho não iria atender ao pedido de Tancredo. Ela iria atender. Só que gostaria de comunicar isso a Tancredo pelo telefone.

Dornelles fez a ligação telefônica. Ivete pegou o telefone e, após dizer a Tancredo os maiores desaforos, terminou declarando: "Se o Brizola comandasse o PTB como você queria, ele não retiraria a candidatura do PTB, mas, como sou eu que comando, o PTB não vai lançar candidato e vai apoiá-lo. Quem vai falar com você sobre a questão é o José Hugo Castelo Branco".

Por sorte das sortes, já que José Hugo Castelo Branco era um político da cidade de Lavras, que fica próxima a São João del-Rei, grande amigo de Tancredo. Vencida a eleição, ele foi presidente do Banco de Desenvolvimento de Minas, vindo a ser posteriormente uma das pessoas mais importantes na campanha de Tancredo para a Presidência da República. Seu ato de nomeação para chefe da Casa Civil no governo Sarney foi assinado por Tancredo pouco antes de sua morte.

Um estranho caso ocorrido durante a campanha de Tancredo para governador em Minas foi o do senhor Puchinha, que procurou Dornelles em Brasília, dizendo que tinha importante informações a dar. Houve até certo clima de suspense no episódio:

> O motorista me deixou na porta de minha casa na QI25, que na época era uma área completamente deserta. Quando cheguei perto da porta de entrada, saiu atrás de uma pilastra um senhor com um pacote. Pensei tratar-se de um ladrão. Ele me disse logo quem era: "Meu nome era Puchinha. Guarde bem esse nome. Eu sou o Puchinha. Estou trabalhando com amigos do doutor Tancredo. Importante que ele ganhe as eleições para governador". Abri o pacote. Vi tratar-se de ações que seriam realizadas em Belo Horizonte para dificultar a vitória de Tancredo.

Para ganhar as eleições, Tancredo precisava colocar uma frente de 300 mil votos em BH contra Eliseu para compensar os votos das cidades pequenas do interior. O plano principal revelado por Puchinha tinha como alvo os ônibus da cidade. Pretendiam criar dificuldades na circulação dos ônibus no dia das eleições, colocando obstáculos entre as garagens e o centro a fim de impedir o transporte dos eleitores. Dornelles conclui o caso:

> Eu não conhecia a geografia de BH nem sabia se o documento do Puchinha tinha validade. De qualquer forma fiz chegar o plano a Helio Garcia. E um dia antes das eleições os ônibus de BH não foram para suas garagens. Dormiram num campo de futebol no centro da cidade. No dia das eleições circularam normalmente. Tancredo conseguiu os 300 mil votos necessários à frente de Eliseu.

O candidato Tancredo Neves, cujo vice-governador na chapa era Hélio Garcia, ganhou a disputa em Minas com 51,13% dos votos, enquanto Eliseu Resende, que tinha Bias Fortes como vice, ficou com 46,47%. A candidata do PT, Sandra Sterling, teve apenas 2,19% dos votos, e o candidato do PDT, Theotônio dos Santos, 0,21%. Ainda em 1982, Hélio Garcia encontrou-se um dia com Dornelles, no Rio de Janeiro, e informou que naquela noite ia se encontrar com Tancredo, pois queria indicar para prefeito de Belo Horizonte Itamar Franco.

Dornelles telefonou, então, ao tio para saber se a informação era verdadeira e Tancredo pediu a ele que estivesse presente ao encontro. A reunião foi inesquecível e até mesmo emotiva:

> Já um pouco exaltado, o que sempre ocorria quando bebia o seu uísque, Hélio afirmou a Tancredo considerar extremamente importante a nomeação de Itamar para prefeitura de BH, a fim de evitar uma possível oposição ao novo governador eleito pelo PMDB. Tancredo o ouviu e disse com a maior tranquilidade: "Impossível... eu já escolhi o prefeito". Hélio desencos-

tou da cadeira com os olhos brilhantes e afirmou: "Eu posso saber quem o senhor convidou?" "Estou convidando agora para ocupar esse cargo o dr. Hélio Garcia", respondeu Tancredo. Hélio teve então uma reação emocional. Colocou as duas mãos no rosto e chorou copiosamente. Deixou-me até com medo de ele ter alguma coisa.

E Dornelles acrescenta:

A proposta dele de indicar Itamar Franco para prefeito perdeu totalmente a força. A inesperada ideia de Tancredo era a única que Hélio nunca imaginara que pudesse passar pela cabeça do amigo. Ia se tornar vice-governador e prefeito. Tancredo já tinha apurado que não havia impedimento jurídico para essa superposição de funções públicas.

Realizadas em 15 de novembro, as eleições de 1982 foram diretas em 23 estados brasileiros, o que não acontecia desde os anos 1960. Era um primeiro passo para a democratização. Foram eleitos 22 governadores, 25 senadores, 479 deputados federais e 947 deputados estaduais. Os votos ainda eram vinculados e contados manualmente. No Rio, Leonel Brizola chegou a acusar a TV Globo de manipulação de dados ao divulgar uma projeção que dava a vitória a seu adversário Moreira Franco (caso Proconsult). Após o escândalo, Brizola acabou sendo eleito.

No cômputo geral, os resultados auferidos pelo governo (PDS) mantiveram certo equilíbrio com relação aos obtidos pelos quatro partidos de oposição (PMDB, PDT, PTB, PT), o que influiria na composição do Colégio Eleitoral em 1985. Foram eleitos 13 governadores do PDS e 9 do

PMDB. Dos 479 deputados federais, 235 eleitos foram do PDS, 200 do PMDB, 23 do PDT, 13 do PTB e 8 do PT. No Senado, o PDS ficou com 15 vagas, o PBMD com 9 e o PT com uma.

De início, alguns dos governadores eleitos que se encontravam sob o controle da direção partidária de Ulysses Guimarães (PMDB) disseram que boicotariam "a rampa do Planalto", ou seja, não pediriam nenhuma audiência a Figueiredo nem aceitariam convites para se encontrar com ele. Tancredo não aceitou essa reação. Disse publicamente que pediria audiência a Figueiredo sempre que necessário. A verdade é que assim que fora eleito já mantivera encontros com o presidente da República na Granja do Torto, tendo sido levado lá por Delfim e por Francisco Dornelles.

Em outras palavras, Dornelles conseguiu criar um bom relacionamento entre Figueiredo e Tancredo antes mesmo dele tomar posse como governador de Minas, relacionamento este que seria mantido posteriormente:

> Assim que Tancredo me disse que ia se candidatar governador, fui ao Figueiredo e ao Delfim para dizer que poderiam contar com ele, caso se elegesse, para colaborar no combate ao déficit público e no apoio às medidas de contenção. Depois, o relacionamento de Tancredo com Figueiredo, com Delfim e com Galvêas foi realmente excelente. Ele teve várias facilidades no que diz respeito aos créditos e recebimento de investimentos.

"Em suma", conclui Dornelles, "era tratado como se fosse quase um governador do partido do governo. Entre as obras do governo federal em Minas pode ser mencionado o aeroporto Tancredo Neves, inaugurado oficialmente em março de 1984. Na época, foi considerado o aeroporto mais moderno do Brasil".

Um episódio do qual não se esquece e que também gerou um ensinamento refere-se a um telefonema de Tancredo:

> Presidia eu uma reunião na Secretaria da Receita Federal quando minha secretária informou-me que o governador de Minas queria falar comigo ao telefone. Estava no meio de uma exposição, o que me fez levar alguns minutos para atender ao telefonema. Quando atendi, verifiquei que a secretária do governador não estava na linha e ele próprio ficara esperando a minha disponibilidade para falar.

Imediatamente, Dornelles disse a Tancredo: "Por favor, governador, desculpe-me. Eu não sabia que o senhor já estava na linha. Eu tinha que ficar na linha antes do senhor". Tancredo, então, disse: "Só cheguei a governador porque sempre entrei na linha antes dos outros. Essa preocupação com a prioridade para entrar na linha é coisa de diretor de estatal ou de político derrotado".

E Dornelles complementa:

> Durante minha carreira política sempre que pedia à secretária para fazer uma ligação para mim, eu sempre dizia a ela, lembrando-me de Tancredo: "Não complete a ligação antes de eu entrar na linha". Acho que este caminho deu certo.

# CAMPANHA PARA A PRESIDÊNCIA

Determinada noite de julho de 1983, estava Dornelles em São João del-Rei quando recebeu outro telefonema de Tancredo pedindo que fosse a Belo Horizonte. Assim que chegou em BH, foi direto para o Palácio das Mangabeiras. Tancredo estava almoçando com Fernando Santana, um deputado que fora do Partido Comunista da Bahia. Quando Fernando o viu, ficou assustadíssimo e Tancredo observou: "Não fique assustado, não, é meu sobrinho". Fernando falou: "Mas eu não podia imaginar, Tancredo, que o Leão da Receita fosse sobrinho do candidato de Oposição". Foi nesse encontro que Tancredo disse a Dornelles que havia decidido deixar de ser governador de Minas para disputar a Presidência da República.

Sabia que seria uma tarefa difícil, admitiu, mas decidira correr o desafio mesmo assim. Quando as pessoas diziam que ele ia ser derrotado, disse Tancredo a Dornelles, ele imediatamente se lembrava de que em 1910 Rui Barbosa fora derrotado por Hermes da Fonseca. "Mesmo assim, quando se falava daquela eleição só se falava de Rui Barbosa", comentou.

De modo que, solicitou ele a Dornelles, "eu queria que você fosse ao Figueiredo e falasse com ele... essa é a minha mensagem... diga que o PMDB fez uma pressão muito grande para que eu dispute a Presidência e que vou disputar, mas pretendo fazer uma campanha de alto nível, analisando aspectos do governo dos quais o PMDB discorda, do que Figueiredo está ciente, mas sem radicalismos, sem agressão".

Caso fosse eleito, já garantia de antemão que o governo dele "iria olhar para a frente, não ia olhar para o retrovisor... não ia ser um governo voltado para trás, pensando em vingança, perseguição". Seguiria a linha de atuação proposta pelo primeiro-ministro britânico Winston Churchill em sua famosa frase: "Se o presente tentar julgar o passado, perderá o futuro".

Dornelles, então, falou com o Figueiredo, que disse já saber que Tancredo ia se candidatar à Presidência, pois a imprensa estava anunciando isso há muito tempo, mas considerava uma pena:

> Estava tendo um relacionamento tão bom conosco... Ia ser um grande governador de Minas e seria futuramente um candidato de União Nacional. Agora, vai disputar essa eleição indireta. Em vez de ser um exitoso governador de Minas, vai ser um candidato fragorosamente derrotado nas urnas... É uma lástima ele ser um candidato derrotado nas urnas.

O secretário da Receita Federal trouxe à tona o fato histórico citado por Tancredo: "Presidente, também acho que a empreitada é difícil, mas ele contou a história do Hermes da Fonseca... da campanha do Rui Barbosa e do partido civilista em 1910..."

Ao dizer que Tancredo seria derrotado fragorosamente pelo governo, Figueiredo não estava se referindo a Paulo Maluf, pois Maluf ainda não era o candidato adversário de Tancredo. Esse foi o primeiro contato de Tancredo com Dornelles envolvendo sua candidatura à presidência da República. Depois, Dornelles também falaria com Golbery, novamente a pedido de Tancredo:

> Golbery já tinha saído do Governo, tinha deixado a Casa Civil, onde ficara 4 anos com Geisel e 2 anos com Figueiredo. Assim como Figueiredo, Golbery ficou espantado, tendo dito que nunca poderia imaginar que Tancredo fosse largar o Governo de Minas para disputar uma eleição indireta contra o governo: "Ele deve ter razão muito fortes... dentro de uma lógica que só ele sabe... embora política não tenha lógica, eu não vejo possibilidades dele ganhar uma eleição indireta". Tudo isso ocorreu ainda em 1983.

Em 1983 e em 1984, o Brasil viveu tempos extremamente turbulentos, seja no que diz respeito à política como também à economia. O país se viu obrigado, em fevereiro de 1983, a recorrer ao Fundo Monetário Internacional. Em setembro, Figueiredo anunciou que ia adotar medidas drásticas contra a inflação. Dornelles garantiu que não haveria novos impostos compulsórios ou aumentos de alíquotas de Imposto de Renda. A Malha Fina continuava ativa: 421 contribuintes se encontravam na lista negra da Receita.

Em 11 de outubro, onze parlamentares levaram uma proposta de pacote de medidas ao presidente do PDS, José

Sarney. Os principais pontos da proposta eram a redução do déficit público a zero, em termos reais, através da ativa presença do Congresso no controle dos gastos públicos; uma reforma fiscal capaz de distribuir de forma equânime o ônus da crise; desestatização da economia; política salarial que levasse à livre negociação; aumento do Imposto de Renda sobre ganhos de capital e ampliação de recursos para estados e municípios.

No Havaí, também em outubro de 1983, o presidente do Banco Central, Affonso Celso Pastore, se encontrava reunido com 100 banqueiros para tentar convencê-los de necessidade de renegociação da dívida externa brasileira. No final do ano, Dornelles deu um presente de Natal aos contribuintes. O imposto na fonte da Pessoa Física seria de apenas 10%, para ativar comércio e indústria. A medida destinava-se também a reduzir as devoluções de IR em 1984.

A partir de 1983, houve toda a agitação dos imensos comícios pelas "Diretas Já", organizados em vários estados do país pelo PMDB, mas a Emenda Constitucional do deputado Dante de Oliveira, votada em 25 de abril de 1984, foi derrotada no Congresso. Começaram, então, a ser articuladas as candidaturas dos partidos criados em 1980 para a eleição no Colégio Eleitoral, que ocorreria em janeiro de 1985, pondo um ponto final na ditadura civil-militar do país.

A composição do colégio era a seguinte: Partido Democrático Social (PDS), 361 votos; Partido do Movimento Democrático Brasileiro (PMDB), 273; Partido Democrático Trabalhista (PDT), 30; Partido Trabalhista Brasileiro (PTB), 14; e Partido dos Trabalhadores (PT), 8. O PDS tinha, portanto, maioria absoluta. Nele, três candidatos disputavam a indicação: Paulo Maluf, Mario Andreazza e Aureliano Chaves. Houve um racha entre Maluf e José Sarney, que não gostou dos métodos eleitorais de Maluf e se afastou do partido. Tancredo Neves, candidato da oposição, inicialmente disputava a indicação do PMDB com Ulysses Guimarães.

Logo em seguida ao racha no PDS, um grupo formado por Aureliano Chaves, Marco Maciel, Jorge Bornhausen e José Sarney formaram a Frente Liberal e resolveram apoiar Tancredo, o mesmo ocorrendo com governadores do Nordeste (com exceção de Wilson Braga, da Paraíba), e outros dissidentes do PDS, entre eles Antônio Carlos Magalhães. Na convenção do PDS, Maluf ganhou de Andreazza, mas o partido ficou dividido.

Dia 22 de agosto, de acordo com o *Jornal do Brasil*, Dornelles declarou publicamente que era fiel ao governo Figueiredo e aos ministros Delfim e Galvêas, mas que pessoalmente simpatizava com a candidatura de Tancredo e que, se essa simpatia criasse dificuldades para o governo, ele abriria mão do cargo na Secretaria da Receita Federal:

> Estou totalmente integrado na equipe econômica dos ministros Delfim Netto e Ernane Galvêas. Concordo plenamente com todo o trabalho por eles desenvolvido no que se refere à condução da política econômica e não partilho de qualquer crítica a eles feita. A Receita Federal cumpriu todas as diretrizes estabelecidas no programa do presidente Figueiredo e atingiu todas as metas de arrecadação que foram estabelecidas...

Dornelles afirmou ainda:

> A Receita Federal é um órgão técnico, que trabalha exclusivamente no campo técnico. O secretário da Receita Federal é um técnico, e como tal não tem candidato à Presidência da República. No entanto, não se seria honesto com ninguém se escondesse que, como pessoa física, tenho simpatia pela candidatura do dr. Tancredo. Se essa simpatia pessoal a qualquer momento criar dificuldade para o presidente da República e para os ministros, estou certo de que eles me comunicariam e eu deixaria o cargo, mantendo, entretanto, em relação a cada um deles, os sentimentos de amizade e admiração...

Obviamente, competente como era, Dornelles não teve que entregar o cargo. Continuaria secretário da Receita Federal do governo Figueiredo até a eleição no Colégio Eleitoral.

Bem antes das candidaturas de Maluf e Tancredo terem sido apoiadas majoritariamente pelas convenções de seus partidos, segundo narra Francisco Dornelles, houve um encontro entre Antônio Carlos Magalhães e Tancredo que repercutiria na eleição indireta de janeiro de 1985. Desde que deixara de ser governador da Bahia em 1983, ACM, sem cargo parlamentar, cuidava apenas da Fundação Baiana de Estudos Econômicos e Sociais, sem ter perdido, no entanto, sua influência política no PDS.

Sempre querendo se aproximar de possíveis eleitores, um dia Tancredo perguntou a Dornelles qual era o relacionamento que ele mantinha com Antônio Carlos Magalhães. O secretário da Receita Federal disse que conhecia ACM, mas que não tinha maior intimidade com o poderoso político baiano. Tancredo explicou que queria fazer uma consulta a Antônio Carlos se ele não estaria disposto a fazer uma dissidência no PDS. Caso fosse eleito presidente no Colégio Eleitoral, gostaria, por outro lado, de ter a dissidência do PDS participando do governo.

Antônio Carlos Magalhães aceitou conversar com o possível candidato da Oposição. E o resultado do encontro entre os dois experientes políticos foi o seguinte: Tancredo, que antes tinha restrições a ACM, saiu encantado da conversa. E Antônio Carlos também gostou muito de Tancredo.

Em seguida, houve um jantar da Manchete no Rio. A revista de Adolfo Bloch concedia premiações anuais. Tratava-se do Prêmio Tendência dos melhores do ano. A entrega da condecoração às pessoas selecionadas costumava ser feita com uma grande festividade. Às vezes até o presidente da República comparecia à solenidade. Em 1983, Andreazza, Tancredo e Antônio Carlos Magalhães estiveram na celebração da Manchete. Depois da entrega do prêmio, os três foram para a casa de Tancredo. Dornelles foi também, mas que não participou da conversa, porque Tancredo não gostava de conversar com mais de duas ou três pessoas.

Nesse dia, diz ele, "decidiu-se que se Andreazza perdesse a indicação para Maluf na pré-eleição do PDS, ACM iria levar todos os eleitores que haviam votado em Andreazza para Tancredo, porque apoiava Andreazza, não o Maluf":

> Enfim, criou-se uma dissidência e Tancredo foi quem foi o principal beneficiado, porque a votação ficou desbalanceada a

favor dele. Isso foi combinado antes da eleição e se materializou em janeiro de 1985. Sem falar que todos os outros partidos, os da Frente Liberal, também apoiaram Tancredo. Maluf ficou apenas com um pedaço do PDS.

Sobre a campanha de Tancredo, Dornelles faz ainda a seguinte observação:

> Hoje, quando se analisa a campanha do Tancredo, as pessoas acham que foi uma campanha fácil, tranquila. Mas foi uma campanha difícil. Teve momentos muito complicados. Apesar de Figueiredo ter manifestado seu interesse de consolidar a abertura democrática, havia bolsões dentro do governo que mantinham a esperança de que ocorresse um retrocesso. Um fechamento. Não queriam que houvesse aquela eleição da qual, eles temiam, Tancredo poderia sair vitorioso. Bolsões entre militares, sobretudo, mas também entre alguns civis.

Houve vários comícios de Tancredo durante a campanha. O primeiro foi em Goiânia, organizado pelo governador Iris Resende. Havia sempre a preocupação de que as forças pemedebistas, as da Oposição, não agissem de forma muito radical, para evitar que o governo Figueiredo considerasse que havia uma intenção de vingança caso Tancredo fosse eleito. Consequentemente, todos os cuidados foram tomados. O SNI tinha mandado vestir centenas de reservistas com camisa vermelha, dizendo que os comunistas estavam com Tancredo. Esses reservistas foram para Goiânia. Mas, por contrainformação, Íris Resende fez um filtro e verificou que tinham se esquecido de colocar peruca nos meninos. Estavam todos com o cabelo cortado rente, o que indicava que eram soldados. Iris ordenou: "Comunistas de cabeça cortada não passam". Barraram mais de quinhentos manifestantes.

De acordo com Dornelles, o comício foi belíssimo. Mas infelizmente os organizadores não conseguiram evitar a radicalização:

> Haviam pedido que os participantes, ao discursarem, poupassem Maluf. Mas todo mundo sentia vontade de destravar o coração. De repente, quem era o primeiro orador? Antônio Carlos Magalhães, que fez o discurso mais radical: "Precisamos impedir que o Brasil seja tomado por esses ladrões que estão no Governo". Na hora em que ele falou isso, todo mundo perdeu a cerimônia. E Tancredo, preocupado, falou: "Vou sair daqui preso". Foi uma imensa barulheira. Mas Tancredo não saiu preso, é claro.

Em outubro de 1984, Tancredo fez um comício em Teresina, no Piauí, para agradecer o apoio que recebera do governador Hugo Napoleão. Durante o evento, que atraiu 70 mil pessoas, ele declarou o seguinte:

> Os inconformados que não querem se submeter aos impérios da Lei e da Constituição vão tentar conturbar o processo sucessório. Por isso, todos os brasileiros têm que permanecer vigilantes para dizer àqueles que pretendem agredir o sentimento do povo que nesta terra não há mais lugar para ditadores. Até 15 de janeiro vamos ter que enfrentar algumas turbulências daqueles que não aceitam os ditames da consciência democrática do nosso povo.

A candidatura crescia no meio popular. Mas como era uma eleição indireta, o importante era descobrir os eleitores entre senadores, deputados federais e representantes das assembleias legislativas. Cada assembleia mandaria para o Colégio Eleitoral seis deputados estaduais. Era muito importante ficar a par de qualquer conversa que ocorresse em Brasília envolvendo pessoas de liderança com elementos de ministros do Figueiredo.

A equipe de Tancredo conseguiu que uma empresa que prestava serviço na residência de alguns ministros em Brasília contratasse pessoas ligadas ao serviço de informação da PM mineira para trabalhar como garçom. De modo que toda noite eles obtinham um relato completo de tudo o que ocorria em jantares e encontros na capital federal. Um dia, um desses informantes comunicou ao José Hugo Castelo Branco, participante da campanha de Tancredo, que um influente líder político do Ceará, chamado Adauto Bezerra (governador, vice-governador, deputado federal), tinha ido a Brasília, tendo se comprometido com Maluf. Adauto antes se dizia Tancredo. José Hugo imediatamente fretou um avião e foi para o Ceará num voo direto. Chegou lá junto com o Adauto e conseguiu reverter o voto novamente.

Assessorado pelo publicitário Mauro Salles e pelo jornalista José Augusto Ribeiro, Tancredo tinha suas próprias atitudes e opiniões e não gostava de ser controlado. Enfim, diz Dornelles, falassem o que falassem, ele mantinha as posições dele. Um caso ocorrido na campanha caracteriza bem Tancredo:

> Hélio Garcia ligou para Mauro Salles em Brasília e afirmou: "Tancredo vai perder a eleição. Está derrotado. Vou para Brasília

agora. Marquei um encontro com Tancredo no final da tarde. Gostaria de ter a sua presença, a de José Hugo Castelo Branco e a do Dornelles".

Helio chegou à casa do Tancredo às 18, aproximadamente. Tancredo estava de robe de chambre, com cara de poucos amigos. Hélio andava de um lado para o outro e assegurava que Tancredo corria o risco de perder a eleição.

Eis uma das afirmações de Hélio:

Tancredo não dá bola para pequenos detalhes que em política são muito importantes. Sábado teve um casamento em Minas da filha de fulano de tal, que é um dos maiores apoiadores da campanha. Chegou uma Corbélia maravilhosa para a noiva. Achavam que era do senhor e era do Paulo Maluf. O senhor não mandou nem mesmo um telegrama.

Já o Mauro Salles falou:

"Na televisão o senhor fala segurando a gravata, olhando para baixo. Às vezes amassando as gravatas. O Maluf olha para frente das câmaras, sempre fala olhando para frente".

José Hugo, por sua vez, observou:

Montamos para o senhor o maior centro de informática de apoio eleitoral. Nós temos técnicos da mais alta competência. Maluf tem um que nem chega aos pés do seu. O senhor nunca vai lá. Tinha que usar o centro de informática. É importante. O livro que o senhor nos mandou...nós selecionamos cem tópicos. Pedimos para cada um dos tópicos a opinião de três especialistas. O senhor não dá nenhuma importância a esse trabalho.

E aí Tancredo disse, já bem mal-humorado: "Olhem aqui. Me acompanhem". E após ter aberto a porta do elevador, vociferou:

> "Vocês vão embora. Vocês vão direto para a casa do Paulo Maluf. Estão apaixonados pelo Paulo Maluf. Querem que eu seja o Paulo Maluf? Vou dizer uma coisa. Eu vou perder ou ganhar, mas sendo sempre Tancredo Neves. Olho para qualquer lado. Aperto a gravata. Não mando flor para ninguém. Vocês não me aborreçam o juízo, não. Eu perco ou ganho, mas continuo sendo o Tancredo Neves".

No final de outubro, a vitória de Tancredo sobre Maluf estava praticamente assegurada. Dornelles crê que o dr. Leitão de Abreu, chefe do Gabinete Civil do presidente Figueiredo, teve uma intervenção muito importante na eleição de Tancredo. Oficialmente ele não podia deixar de ser um apoiador do candidato do governo, mas o "coração dele era tancredista". O relacionamento dos dois era muito estreito: "Quando o Tancredo era governador de Minas, pelo menos uma vez por mês, domingo à tarde, ele chegava de avião em Brasília e ia conversar com Leitão de Abreu"
Na manhã de um dia de semana, o embaixador Álvaro da Costa Franco, que era braço forte do dr. Leitão de Abreu, procurou Dornelles no Ministério da Fazenda levando uma mensagem ao Tancredo sobre algo que não podia se tornar público... Isso aconteceu já mais perto da eleição... Havia um grande movimento no governo no sentido de ser retirada a candidatura de Paulo Maluf para inviabilizar a eleição, pois, caso isso ocorresse, seria feito

um apelo para que o Tancredo também retirasse a dele. Então se discutiria a possibilidade de o mandato de Figueiredo ser prorrogado por mais um ano para que depois ocorressem eleições diretas.

Brizola era um dos simpatizantes dessa proposta de adiar as eleições por mais um ano, para que depois ocorressem as eleições diretas. Outros que defendiam essa situação – renúncia de Maluf, renúncia de Tancredo, suspensão da eleição indireta e prorrogação do mandato de Figueiredo – eram parlamentares da própria Frente Liberal, que havia sido criada para combater Maluf, pois, se ele retirasse a candidatura, não haveria mais razão para haver dissidência no PDS. A dissidência surgiria para combatê-lo. Estavam dispostos a apoiar o Tancredo, candidato do PMDB, para derrotar o Maluf, mas, se o empresário paulista desistisse da candidatura, poderiam apresentar vários nomes para serem candidatos de União Nacional, entre eles, Costa Cavalcante, presidente de Itaipu, ou Jarbas Passarinho.

Dornelles repassou o avisou Tancredo, que estava participando de um almoço no Hotel Nacional, e ficou meio assustado com o teor do recado. Disse aos jornalistas que estavam fazendo um grande movimento para a saída do Maluf (renúncia da candidatura), o que ele considerava um golpe. "É um golpe", afirmou, "e é uma demonstração de fraqueza. Eu sou candidato à Presidência da República e vou até o fim".

À tarde, ligou para a casa do Dornelles dizendo que precisava conversar com ele. Dornelles foi para a própria residência em Brasília. Tancredo chegou e contou que realmente as informações sobre a renúncia do Maluf estavam crescendo muito e queria ver se o Golbery o receberia naquela moradia que ele tinha nos subúrbios de Brasília (Luziânia). Dornelles conta o ocorrido:

> Eu peguei o carro e fui para a casa do Golbery. Levava uma hora para ir até lá. Ao chegar, na porta praticamente não havia viva alma. Só tinha um soldado da Polícia goiana sem arma, sem nada, que não conhecia ninguém. Falei que queria falar com Golbery e ele disse que não tinha nada com isso: "O senhor entra aí". Entrar como, se a porta estava toda fechada?... Golbery não atendia telefone depois que saía do trabalho. Por sorte apareceu lá uma camionete para entregar alguma comida. Eu expliquei, então, dei um cartão meu... o Golbery apareceu e me mandou entrar.

Dornelles informou a Golbery o que estava se passando e disse que Tancredo queria muito conversar com ele. "Vou para sua casa", afirmou o ex-chefe do Gabinete Civil de Ernesto Geisel e de João Figueiredo (de 1974 a 1981). Dornelles foi antes. Depois, Golbery chegou. Tancredo contou a situação. "Se isso for verdade", disse Golbery, "não estão vendo que Figueiredo está querendo passar a perna em todos e prorrogar o mandato dele?"

Como ele era pessoalmente contra a prorrogação, pediu um tempo. Ia sair, ter umas conversas. Tancredo aproveitou para cochilar um pouco. Golbery voltou com boas notícias:

> "Olha aqui, dr. Tancredo, a informação foi muito bem dada. A pressão para que o Paulo renuncie é enorme. A gente nunca sabe qual seria a versão dele. Conversamos com ele, eu sou o coordenador da campanha política dele, ele está a par de que

não ganha a corrida eleitoral. Sabe que vai perder. Mas não vai renunciar. Vai disputar a eleição. E a disputa dele na eleição é a concretização de sua vitória. Logo, o senhor já pode se considerar presidente da República".

No dia 7 de dezembro, realizou-se na Praça da Sé, em São Paulo, o último comício do candidato do PMDB. Haveria, ainda, um comício em Belo Horizonte, mas, com a vitória de Tancredo praticamente assegurada, o governador Hélio Garcia resolveu cancelá-lo. As bandeiras vermelhas haviam sido desaconselhadas pelo deputado Roberto Freire, que, em 1984, era do PMDB e, a partir de maio de 1985, se tornou um dos principais dirigentes do Partido Comunista Brasileiro (PCB). Muitas delas eram levadas por provocadores. Quem falou em São Paulo pelo PCB foi o secretário-geral, Giocondo Dias, fora dos palanques desde 1947. Por tudo isso, Hélio Garcia e o próprio Tancredo resolveram cancelar o comício em BH.

De setembro a dezembro, a preocupação maior do coordenador político da campanha de Tancredo, Affonso Camargo, com o vácuo dos comícios, foi elaborar o planejamento estratégico do governo. Para isso, foi criada a Comissão do Plano do Governo (COPAG), da qual participavam representantes do PMDB, como Celso Furtado, Luciano Coutinho e José Serra; da Frente Liberal, como Hélio Beltrão e Sergio Quintella; e outros especialistas em questões econômicas e sociais.

Em 11 de dezembro, a COPAG foi instalada e Tancredo divulgou quais seriam as principais metas de seu governo:

A grande tarefa de meu governo deve ser a retomada do crescimento econômico, que precisará resultar na criação de novos empregos, na melhor remuneração da força trabalhadora e em uma melhor distribuição de renda nacional. Essa retomada do processo de crescimento não se sustentará em bases sólidas sem que haja uma reversão do processo inflacionário, saneamento financeiro do setor público e se mantenha o equilíbrio das contas externas.

Houve a eleição em 15 de janeiro de 1985. Tancredo teve uma grande vitória, tendo obtido 480 votos contra os 180 votos de Maluf. Votaram em Tancredo integrantes do PMDB, da Frente Liberal, do grupo dissidente do PDS, além do PDT, da maior parte do PTB, e de três petistas, os deputados Bete Mendes, Airton Soares e José Eudes, que foram expulsos do partido.

Imediatamente começou o período de formação do Governo. O número de candidatos a ministros era maior do que o número de pastas. Com sua sabedoria de sempre e capacidade de conciliação, Tancredo ouvia todo mundo, escutava todo mundo, dava esperança a todo mundo, mas não dava garantias.

Na área militar, ele teve a habilidade de escolher alguns ministros até mesmo antes da eleição, o que ajudou a neutralizar os bolsões de resistência. O primeiro nome que escolheu, em fins de 1984, foi o do general Leônidas Pires Gonçalves para ministro do Exército, o que seria mantido em sigilo durante algum tempo.

No tocante à indicação para a Aeronáutica, houve um impasse. Dr. Leitão de Abreu ligou para Dornelles no Rio dizendo que já havia telefonado para o Tancredo em Belo Horizonte, comunicando que havia notícias de que corriam manifestos na Aeronáutica contra a nomeação dos brigadeiros Octávio Júlio Moreira Lima ou Deoclécio Lima de Siqueira.

Segundo dr. Leitão, o ministro Délio Jardim de Matos mencionava o acordo que fora feito com a equipe de Tancredo de que o ministro da Aeronáutica seria um brigadeiro indicado pelo próprio Délio... Moreira Lima e Deoclécio não eram pessoas ligadas ao Délio. Dr. Leitão indagava de Tancredo se ele não podia cumprir o acordo com Délio, caso existisse.

Dornelles foi a Brasília conversar com dr. Leitão, que pediu a ele que falasse com Tancredo:

> Fui para o Riacho Fundo, onde Tancredo estava hospedado desde que fora eleito, e falei com ele. Ele tirou um caderninho do bolso e foi diretamente ao telefone falar com Aureliano, dizendo que ia anunciar o ministro de Aeronáutica e pedindo que escolhesse o ministro, dando 15 minutos para a escolha, Moreira Lima ou Deoclécio. Aureliano ligou 5 minutos depois dizendo que era o Moreira Lima. Tancredo ligou para o Mauro Salles pedindo para convocar a imprensa porque ia anunciar que o ministro da Aeronáutica seria o brigadeiro Moreira Lima.

Como estava sentado ao lado de Tancredo, tendo ouvido a conversa, Dornelles comentou: "O brigadeiro Délio pediu ao senhor que fizesse exatamente o contrário". E aí Tancredo retrucou:

A gente tem de saber o que os adversários querem que a gente faça para fazer o contrário. Além disso, se eu indicar o Moreira Lima agora e a tal lista de protesto da Aeronáutica realmente existir, ninguém vai assinar mais. E mesmo os que assinaram são capazes de cancelar a assinatura. Agora, se eu deixasse em aberto, é imprevisível o que ocorreria.

Mas os problemas com o tenente-brigadeiro-do-ar Octávio Júlio Moreira Lima, indicado por Tancredo para ser o ministro da Aeronáutica, não pararam por aí. Ele era um grande admirador de Santos Dumont. E havia anunciado que colocaria um retrato de Santos Dumont em seu gabinete. Antônio Ribeiro, repórter fotográfico da revista *Veja*, perguntou-lhe se realmente faria isso e ele confirmou. Já tinha até o retrato para colocar na parede. O repórter pediu para fazer uma foto e Moreira Lima, muito ingênuo, subiu numa cadeira. tirou o retrato do presidente Figueiredo da parede e colocou o de Santos Dumont.

Quando a foto saiu na revista, Délio Jardim de Matos comunicou ao deputado José Aparecido, que era um dos interlocutores de Tancredo junto ao governo, que Figueiredo dera ordens para prender o Moreira Lima. E ele, Délio, teria que prender se Figueiredo não voltasse atrás. Imaginem: o ministro da Aeronáutica que entra sendo preso pelo governo que sai. Tancredo pediu a Dornelles que fosse a Figueiredo, mas este mandou avisar a Tancredo que ia prender o Moreira Lima naquele mesmo dia. A situação ficaria incontornável se não fosse a intervenção de Dornelles:

Pedi que não prendesse. Expliquei que foi por falta de malícia. E ele insistia: "Vou prender. Hoje mesmo prendo o Moreira Lima de qualquer jeito". E chamava, apertava um botão chamando o coronel Dourado, chefe de gabinete: "Fale com o Délio para prender o Moreira Lima". Perdi ali uma porção de tempo. E ele não voltava atrás. Quando eu já estava no elevador, veio o coronel Dourado: "O presidente quer lhe falar". Figueiredo me disse, então: "Olha aqui. Resolvi que não vou prender o Moreira Lima. Mas vou lá quebrar a cara dele". Disse: "Presidente, eu agradeço muito". E ele insistia: "Vou quebrar a cara dele".

Dornelles nem conhecia o brigadeiro Moreira Lima, mas ficou feliz que Figueiredo tivesse revogado a ordem de prisão.
Figueiredo ainda pensava numa punição, mas acabou desistindo dela, por causa de um pedido expresso de Tancredo Neves e por Moreira Lima ter lhe enviado, como exigira, uma justificação por carta. Nela, o futuro ministro da Aeronáutica afirmou que não sabia que estava sendo fotografado quando alterou de lugar as fotos que mantinha em sua sala, imediatamente repostas na posição anterior, e lamentou o texto da revista, "fruto da fértil imaginação de quem o redigiu".
Se havia preocupação com a resistência dos militares antidemocráticos e com as indicações para ministros, a carga de problemas a ser enfrentada por Tancredo e sua equipe, no entanto, não parava por aí. Mesmo antes da posse, eram inúmeras as questões que tinham que ser resolvidas, entre elas as de natureza administrativa, financeira, econômica, as relativas às relações internacionais e exteriores e à gestão das empresas estatais.

Um dos problemas mais delicados a ser solucionado a curtíssimo prazo dizia respeito à aprovação da Carta de Intenções do Brasil ao Fundo Monetário Internacional e ao acordo com os bancos negociado pelo economista Affonso Celso Pastore, presidente do Banco Central na gestão do ministro da Fazenda Ernane Galvêas. Tancredo tinha o maior interesse de que o país assinasse logo a carta de compromissos, impondo a execução de políticas econômicas mais ortodoxas. Com o documento negociado por Pastore já assinado, ele teria como dizer ao PMDB que, como a carta já fora aceita pelo FMI, teria que honrá-la. Somente depois poderia flexibilizar a política monetária, fiscal e financeira.

A direção do Fundo, por sua vez, não queria que a assinatura da carta fosse feita durante o governo Figueiredo, pois temia que Tancredo Neves, uma vez empossado, afirmasse não ter compromisso com os acordos feitos pelo governo anterior.

# IDOS DE MARÇO DE 1985

Já eleito, em determinado dia, Tancredo chamou Dornelles à casa dele – sempre despachavam na primeira hora da manhã ou na última da noite – e disse que ele ia ser o chefe da Casa Civil: "Eu quero um chefe da Casa Civil que cuide da administração, da gerência dos negócios do governo. Quanto à política, será tratada por mim com o ministro da Justiça", explicou. Por curiosidade, Dornelles perguntou quem ia ser o ministro da Fazenda. Tancredo informou que ia ser o Olavo Setúbal. E que José Hugo Castelo Branco ia ser o prefeito de Brasília. Dois dias depois, convoca Dornelles novamente e anuncia que houve uma mudança: "Você vai ficar com a pasta da Fazenda". Ulisses havia vetado o nome do Setúbal para a Fazenda. O PMDB sempre havia atacado a política do Governo militar beneficiando banqueiros. "Na verdade, Ulisses não aceitou por Olavo ser banqueiro, dono do Itaú, mas pelo receio que ele tinha muito forte de que Setúbal viesse a disputar o governo de São Paulo", disse Tancredo.

No dia 23 de janeiro, o *Jornal do Brasil* anunciava que Tancredo já escolhera dez ministros civis, além dos militares.

No Gabinete Civil, ficaria Fernando Lyra. Paulo Brossard seria o ministro da Justiça; Francisco Dornelles, ministro da Fazenda; Olavo Setúbal, Relações Exteriores; Almir Pazzianoto, Trabalho; Roberto Gusmão, Indústria e Comércio; Aureliano Chaves, Energia; José Aparecido de Oliveira, Cultura; Antônio Carlos Magalhães, Comunicações, e Affonso Camargo, Transportes ou Agricultura.

Na quarta-feira, dia 24 de janeiro, Tancredo viajou para Roma com dona Risoleta, para visitar cinco países. Após ter se reunido com Dornelles e com Galvêas, admitiu que ia conversar sobre a questão da dívida externa com Reagan, mas o anúncio oficial do ministério completo ficaria para a volta da viagem, que duraria 15 dias. O *Jornal do Brasil*, no entanto, já chamava Dornelles de futuro ministro da Fazenda.

Pouco antes de entrar no avião, com três diplomatas, três assessores e 72 jornalistas credenciados, Tancredo disse que se tratava de "uma viagem de serviço pelo Brasil. Levo uma mensagem para os povos, a de que o Brasil já é uma autêntica democracia. Por isso me despeço sem nenhuma preocupação."

Dia 25 de janeiro, Tancredo esteve com o papa João Paulo II, com o presidente da Itália, Sandro Pertini, e com o primeiro-ministro Bettino Craxi. Muito bem informado sobre o Brasil, o papa pediu ao presidente eleito que se esforçasse por realizar um governo de justiça social.

Dia 26, o presidente eleito do Brasil esteve com François Miterrand, na casa de campo do presidente francês em Latché. No dia seguinte foi para a Espanha se encontrar, em Madri, com o rei Juan Carlos e com o primeiro-ministro Felipe González. Tancredo também esteve rapidamente em Portugal, tendo recebido em Coimbra um título de *honoris causae* e se encontrado com o primeiro-ministro Mário Soares.

Em 31 de janeiro, já nos EUA, Tancredo teve dois encontros com o secretário de Estado de Reagan, George Shultz, para conversar sobre dívida, controle da inflação e retomada do crescimento. No segundo encontro, Shultz insistiu que o Brasil devia enviar um técnico categorizado para se reunir em Paris com De Larosière, diretor do FMI, visando a acabar com o impasse em torno da renegociação da dívida externa. O enviado escolhido por Tancredo foi Dornelles.

Em *Diário de Bordo – A viagem presidencial de Tancredo*, Rubens Ricupero considera o episódio com Shultz o mais grave da viagem de Tancredo como presidente eleito, pois o secretário americano deu a entender que estava em perigo o entendimento com o FMI, o que poderia comprometer os resultados das negociações com os banqueiros já alcançadas pela equipe econômica do governo Figueiredo. A estratégia de Tancredo, porém, admite Ricupero em seu livro, "era a de encontrar, ao assumir a Presidência, os acordos concluídos e de respeitá-los, para evitar um panorama imprevisível no trato da inflação. Era o oxigênio de que necessitava para poder respirar nos meses iniciais do seu governo e que, claramente, não lhe seria dado".

Como o caso era de urgência, Tancredo tomou a decisão de telefonar de Washington para Dornelles dizendo que deveria ir imediatamente a Paris encontrar-se com de Larosière. A audiência com o diretor do FMI seria marcada por Paul Volcker, presidente do Banco Central americano.

O presidente eleito do Brasil também esteve com Reagan, com o vice-presidente, Bush, com o presidente do Banco Mundial, William Clausen, com o presidente do Banco Interamericano de Desenvolvimento (BID), Ortiz Mena, visitou a Câmara e o Senado americanos, a sede da Organização dos Estados Americanos (OEA) e almoçou na companhia do embaixador Sérgio Corrêa da Costa.

Antes de voltar para o Brasil, visitou ainda o México e a Argentina, onde esteve com o presidente Miguel de La Madri, o chanceler Bernardo Sepúlveda, o presidente Raúl Alfonsín e os escritores Octavio Paz e Jorge Luis Borges. Ao chegar ao Rio, no dia 7 de fevereiro de 1985, 400 pessoas o esperavam no Aeroporto do Galeão. Repórteres estranharam a ausência de Dornelles na chegada de Tancredo ao país, mas o futuro ministro da Fazenda tinha ido para Paris.

A viagem havia sido mantida em sigilo, mas matéria de capa do JB de 12 de fevereiro de 1985 decifrou o mistério. Eis a manchete da reportagem: "Dornelles foi a Paris tratar com o FMI". E o início do texto: "O secretário da Receita Federal, Francisco Dornelles, virtual ministro da Fazenda do governo Tancredo Neves, viajou sexta-feira à noite para Paris, onde se reuniu no sábado com o diretor-executivo do Fundo Monetário Internacional, Jacques de Larosière, para expor a posição do presidente eleito a respeito da negociação da dívida externa brasileira".

Foi uma viagem rapidíssima – só durou praticamente um fim de semana – e bem-sucedida, pois o Brasil conseguiu uma suspensão de seis meses no prazo para fechar o acordo com o Fundo e os credores:

> Encontrei-me com De Larosière em Paris. Tivemos um encontro de mais de duas horas. O diretor do FMI indicou-me a confiança que tinha no governo Tancredo Neves, mas informou-me que não assinaria a Carta de Intenções antes da posse de Tancredo. Explicou-me que estava discutindo com o representante dos bancos a possibilidade de ser assinado um *stand-steel* que deixaria durante seis meses a situação ficar como estava. O acordo com o FMI seria assinado após a posse de Tancredo e tudo indicava que os bancos estariam de acordo com essa proposta.

E Dornelles continua o relato:

> Na volta cheguei a propor a Tancredo que, em face da situação externa extremamente delicada, Maílson da Nóbrega e Pastore fossem mantidos na secretária geral do Ministério da Fazenda e na presidência do Banco Central. Tancredo afirmou-me que essa seria a solução ideal, mas que não tinha qualquer viabilidade política.

Após a chegada de seu negociador, ainda segundo o *JB*, Tancredo teve um encontro com Dornelles e com Sérgio Correa da Costa (o embaixador do Brasil em Washington se encontrava de férias no Rio) sobre o resultado das conversações em Paris. Depois foi direto para sua Fazenda da Mata, em Claudio, no Oeste mineiro, para descansar.

Em matéria divulgada no dia 14 de março, o *JB* divulgou que Francisco Dornelles, futuro ministro da Fazenda de Tancredo, e João Sayad, futuro ministro do Planejamento, após um almoço de trabalho, haviam definido mudanças importantes na estrutura dos dois ministérios. Na área da Fazenda, seria criada a Secretaria Especial para Assuntos Econômicos, e na Seplan, a Secretaria de Coordenação Econômica e Social, que ficaria aos cuidados do economista e professor da PUC Pérsio Arida. João Sayad havia escolhido para a Secretaria Especial de Assuntos Econômicos da Seplan o economista Paulo Nogueira Baptista Junior, que substituiria Akihiro Ikeda, colaborador de Delfim Netto.

Foi justamente no dia 14 de março de 1985, um dia antes da posse, que Tancredo se sentiu muito doente. Dornelles tinha ido para o Ministério da Fazenda e se reunido com os procuradores, principalmente os constitucionalistas, para analisar a situação de Tancredo, caso ele não pudesse tomar posse, quando recebeu um telefonema do general Ivan de Souza Mendes, novo diretor do Serviço Nacional de Informação (SNI), pedindo-lhe que fosse para o hospital.

Assim que chegou ao hospital, lá pelas 11 horas da noite, ele se reuniu com o dr. Renault Matos Ribeiro e mais uns quinze médicos, que diziam que Tancredo tinha que ser operado imediatamente por causa de uma crise de apendicite que havia supurado. O general Ivan de Souza Mendes havia colocado à disposição do presidente eleito um avião para levá-lo a São Paulo, mas dr. Renault assegurou que o presidente eleito poderia ser operado no Hospital de Base, em Brasília, pelo cirurgião Francisco Pinheiro da Rocha. E observou que, se Tancredo fosse levado para São Paulo, não garantiria pela vida dele, pois precisa ser operado o mais rápido possível. Disse ainda que, como o caso não tinha muita gravidade, a família não precisava ficar muito preocupada, pois Tancredo Neves ficaria bom logo. Poderia tomar posse a curtíssimo prazo.

Na entrevista concedida a Tarcísio Holanda, em 2010, Dornelles conta o seguinte:

> Falei com Tancredo Augusto, falei com Aécio – aliás, acho que eles estavam presentes até, na sala – e fui falar com Risoleta. Ela disse: "Olha, quem tem de tomar essa decisão é Tancredo. Não sou eu. O que Tancredo decidir está decidido". Fui falar, então, com Tancredo. E ele me disse: "Mas eu não vou operar porque, se eu operar, Figueiredo não dará posse a Sarney." E eu disse a ele: "Olha, eu garanto ao senhor que Figueiredo dá posse a Sarney. Estive com o dr. Leitão e ele garante". E ele indagou: "Você me garante mesmo?" Eu afirmei: "Garanto". "Então, diga aos médicos que eles façam o que entenderem que têm de fazer".

O que mais impressionou Dornelles, de tudo o que ocorreu no dia 14 de março, foi que Tancredo já tinha sido operado de apendicite há mais de 40 anos. Logo, ele crê que o dr. Renault não quis dizer ou dar um relato completo sobre a seriedade da situação da saúde de Tancredo, pois não poderia ser apendicite. Os médicos mencionaram depois a hipótese de uma diverticulite, mas já na primeira operação descobririam um tumor benigno. Ao todo, foram sete operações: duas em Brasília, e cinco em São Paulo, mas Dornelles diz que não as presenciou, e que por isso prefere não falar sobre um assunto tão doloroso.

Extremamente resistente, Tancredo Neves só morreria em 21 de abril, Dia de Tiradentes. Foi imensa a comoção em todo o país. Houve quem falasse em erro médico, pois se Tancredo tivesse sido operado logo em São Paulo, em vez de ter ido inicialmente para o Hospital de Base em Brasília, talvez tivesse se salvado.

Seis dias antes, ou seja, no dia 15, José Sarney havia tomado posse como presidente em exercício do Brasil, tendo deixado bem clara sua fidelidade a Tancredo. A manchete do *Jornal do Brasil* no dia 16 foi a seguinte: "Sarney inaugura o regime de Tancredo". Num breve discurso, após empossar o Ministério, Sarney disse: "Nossos compromissos são os do nosso líder, do nosso comandante, do nosso grande estadista e a bandeira que reúne neste instante o país e as nossas vontades, a bandeira que se chama Tancredo de Almeida Neves".

O povo foi para a Praça dos Três Poderes ver a festa. "Era a festa para Tancredo, agora é a festa da Democracia", declarou o deputado Ulysses Guimarães, presidente da Câmara e do PMDB. Populares o carregaram por todo o trajeto entre o Congresso e a rampa do Palácio do Planalto. Mais tarde, ele, Sarney e os ministros subiram o parlatório para acenar ao povo, restabelecendo um rito que não se dava em solenidades de posse desde 1961. Após o falecimento de Tancredo, Sarney seria confirmado oficialmente no cargo de presidente do Brasil.

# MINISTRO DA FAZENDA

De início, José Sarney manteria no governo vários membros do "gabinete tancredista", do qual faziam parte, entre outros, o próprio Francisco Dornelles, no Ministério da Fazenda; Fernando Lyra, no Ministério da Justiça; Ronaldo Costa Couto, no Ministério do Interior; Aureliano Chaves, no Ministério das Minas e Energia; Antônio Carlos Magalhães, no Ministério das Comunicaçõe; e Olavo Setúbal, no Ministério de Relações Exteriores. José Hugo Castelo Branco, indicado por Tancredo antes de morrer, era o chefe da Casa Civil de Sarney.

Dornelles só ficaria cinco meses na Fazenda, tendo entrado em choque com o ministro do Planejamento, João Sayad. Preconizando um rígido combate à inflação, ele defendia a adoção de elevadas taxas de juros e uma redução drástica do déficit público. Já o grupo de economistas do PMDB, liderado por Sayad, criticava os efeitos recessivos dessa orientação e defendia uma política mais flexível.

O *Jornal do Brasil* do dia 16 de março já apontava essas divergências entre os dois ministros. No discurso de posse no ministério, Dornelles dera ênfase ao controle da expansão monetária e ao propósito anti-inflacionário. Enquanto Sayad, ao ser empossado, dissera, por sua vez, que era também necessário pensar em grandes projetos com repercussão na vida das comunidades e que a política monetária não poderia caminhar independente da política de desenvolvimento.

Com isso, o repórter do *JB* concluía: "Tudo indica que o comando das ações ficará efetivamente com o presidente da República, a quem caberá articular o rigor anti-inflacionário da Fazenda com os objetivos desenvolvimentistas do Planejamento e a viabilização política no Congresso Nacional. Esse Ministério e o equilíbrio de forças concebido e montado por Tancredo Neves precisa, efetivamente, de sua participação para funcionar".

Só que a participação de Tancredo não aconteceu, em razão de seu falecimento. E os dois ministros não entraram em conciliação. Quando o índice de inflação mensal chegou a 14% em agosto, Dornelles pediu demissão, sendo substituído por Dilson Funaro, mais afinado com Sayad e com as diretrizes econômicas do PMDB.

Apesar do afastamento do cargo, Dornelles afirma que não houve ruptura com Sarney:

> Assumi o Ministério da Fazenda numa fase conturbada. As forças políticas não admitiam um Estado, digamos, um pouco recessivo. Não se aceitava isso. De modo que era difícil dar prosseguimento a uma política monetarista, preocupada com o problema fiscal e monetário, o que redundava em superávit primário e taxas de juros elevadas. Sem poder conduzir uma política de austeridade, o melhor seria eu deixar a Fazenda, o que ocorreu.

No documentário "Histórias contadas – Francisco Dornelles", produzido e exibido pela TV Senado em 9 de novembro de 2016, ele explica melhor sua posição:

> Tendo assumido o cargo em decorrência de uma tragédia nacional, o Governo do presidente Sarney uniu todas as forças políticas do país e venceu obstáculos extremamente complexos. Ele administrou o Brasil politicamente com a maior competência. A história vai fazer justiça a Sarney.

Na realidade, foram muitas as razões para Dornelles deixar o posto de ministro da Fazenda. Como procurador-geral da Fazenda e secretário da Receita Federal, de 1975 a 1985, ele havia acompanhado as agruras enfrentadas pelos ministros Delfim e Galvêas com a situação das contas externas, com a inflação e com uma política salarial incompatível com o combate à inflação.

Entre 1978 e 1981, a cotação média do barril/FOB de petróleo saiu de US$ 12 para US$ 36. Os juros internacionais subiram de uma média anual de 6% em 1977 para 21% em 1980. Com isso, os gastos com a importação de petróleo saltaram de US$ 4 bilhões em 1978 para US$ 10,6 bilhões em 1981. A conta de juros foi de US$ 3,3 bilhões em 1978 para US$ 10,3 bilhões em 1981. O déficit nas transações correntes subiu de US$ 11,4 bilhões em 1981 para US$ 16 bilhões em 1982.

E a dívida externa brasileira, quase toda contratada a taxa de juros flutuantes, passou de US$ 43,5 bilhões em 1978 para US$ 61,4 bilhões em 1981. De 1982 a 1983, deu um novo salto, subindo de US$ 70 bilhões para US$ 81, 3 bilhões em 1983.

O governo Geisel havia optado pelo crescimento apoiado no endividamento externo para enfrentar a primeira onda de choques do petróleo. Só que com o aumento das taxas de juros e do preço do petróleo, em 1979, a situação tornou-se caótica. Em seu livro *As crises da minha vida – uma corrida de obstáculos,* o ex-ministro Ernane Galvêas afirma o seguinte:

> Ficou muito pesado, realmente. Teve ano em que pagamos em petróleo e juros mais do que o total das exportações. Não sobrava um tostão para mais nada. Ao mesmo tempo a inflação galopava. Havia sido de 110,2% em 1980, 95,2% em 81 e 99,7% em 1982.

Em encontros que mantivera com Tancredo entre a eleição, em janeiro, e pouco antes da data marcada para a posse, em março, Galvêas conversara muito com Tancredo, na casa de Dornelles, sobre a situação financeira crítica do país. Ele tinha trabalhado no Ministério da Fazenda com o ministro Walther Moreira Salles no regime parlamentarista de 1961-1962, e despachado muitas vezes com Tancredo, quando este assumia o ministério da ausência de Moreira Salles. Desde então Tancredo tinha grande admiração e confiança em Galvêas.

Ciente das dificuldades externas e internas do país e da necessidade de manter uma política econômica baseada em arrocho fiscal e monetário, Dornelles montou na Fazenda uma equipe de economistas que defendia essa política e que ia de encontro à política desenvolvimentista defendida pelo PMDB. "Ficamos 20 anos fora do poder e agora quando chegamos a ele você nos diz que não podemos gastar e nomear?", disse a Dornelles uma importante liderança do Partido do Movimento Democrático Brasileiro.

Sarney tinha que governar com um partido que sempre o combatera. Caso insistisse em manter uma política econômica que contrariasse a que o PMDB preconizava, não teria condições de governar. A equipe econômica então organizada pode ser vista como uma equação esportiva: montou-se um time especializado em jogar basquete e quando esse chegou à quadra foi informado que o jogo era de vôlei.

Na área externa, já tendo pavimentado o terreno, Dornelles obteve sucesso, quando foi a Washington em maio de 1985:

> Quando estive em Washington em maio de 85 tive uma reunião com Paul Volker e com o secretário de Finanças dos Estados Unidos. Eles me disseram que naquele momento deveria ser evitado um engajamento público com o FMI. Apresentaram-me um senhor chamado Edween Yeo que viria com frequência ao país discutir o *stand-steel* prometido por Larosière e me disseram que tudo que esse homem falasse era a voz do Paul Volcker e de Larosière. De fato, de maio a agosto de 1985, ele vinha frequentemente ao Brasil. Quando todos os detalhes do entendimento foram atendidos, eu fui para Paris encontrar-me de novo com Larosière e o presidente do Banco Central Antônio Carlos Lemgruber foi para os Estados Unidos conversar com os bancos. Tão logo cheguei a um acordo com Larosière em Paris, Lemgruber assinou o acordo com os bancos.

No Brasil, no entanto, a crise nos ministério se agudizava:

Durante minha estada em Paris, o secretário-geral do Ministério da Fazenda teve um encontro com os presidentes dos maiores bancos públicos e privados do país, no qual fez algumas críticas indevidas ao governo a que pertencia. Embora a reunião fosse fechada, um de seus participantes, presidente de um banco estatal, vazou para a imprensa um texto malicioso que se tornou manchete de primeira página de um forte jornal do Rio de Janeiro. O presidente Sarney, com a fidalguia que o caracteriza, teve a gentileza de ligar para Paris, dizendo-me que, devido à repercussão da notícia sobre a fala do secretário-geral, se sentia na obrigação de demiti-lo.

Na volta, Dornelles fez um levantamento da situação e chegou à seguinte conclusão:

> Minha permanência no cargo não ajudaria em nada, pelo contrário, até prejudicaria o governo. Apresentei uma carta de demissão ao presidente Sarney através do chefe do Gabinete Civil, José Hugo Castelo Branco, e deixei o governo, sem quebrar os vínculos de respeito e admiração que tinha pelo presidente Sarney.

De certa forma, Dornelles não lamentaria muito sua saída do Ministério da Fazenda na gestão de Sarney. Ele não tinha ligações com as lideranças do PMDB. Havia sido indicado para ser ministro por Tancredo e logo descobriria que não tinha apoio para exercer o cargo num momento em que as posições políticas ainda estavam muito radicalizadas. Nos poucos meses em que foi ministro da Fazenda, ele vivenciou várias situações que revelavam o quanto o clima no país continuava tenso.

Num encontro que teve em São Paulo, ele defendera a privatização da Acesita. Ao retornar a Brasília, encontrou seu gabinete ocupado pela bancada mineira. Os parlamentares queriam que divulgasse uma declaração, no sentido de que suas palavras em São Paulo haviam sido mal interpretadas. E que assegurasse que não haveria de modo algum a privatização da Acesita. Chegou-se a um acordo. Dornelles declarou, na ocasião, que ia esperar por estudos sobre a privatização da Acesita e, quando estivessem concluídos, eles seriam apresentados à bancada mineira para que fossem analisados.

Outro caso polêmico foi o da estatização do Banco Sul Brasileiro, pleiteada pela bancada de parlamentares dos estados do Sul. Dornelles se opôs à estatização, tendo afirmado que, se o Banco Central promovesse a liquidação da instituição financeira em dificuldades, ele apoiaria a decisão do Banco Central. "Foi um tumulto geral. Seguiram para a Câmara e votaram uma lei desapropriando as ações do Banco Sul Brasileiro e criando uma instituição financeira federal, com capital fechado, tendo a União como único acionista. Tratava-se do chamado Banco Meridional", narra Dornelles.

Foi nomeado para presidente do novo banco pelo Ministro da Fazenda o sulista Ernesto Albrecht, homem sério, competente, que tinha grande experiência na área bancária, adquirida quando fora diretor do Banco Central. O tumulto, no entanto, continuou:

> Albrecht tomou um avião e foi para Porto Alegre. Foi esperado no aeroporto por uma multidão liderada por parlamentares que o colocaram de volta no primeiro avião que partiu para

Brasília. Chegou a Brasília assustado com a violência ocorrida em Porto Alegre e pediu demissão. Foi nomeado, então, para presidente, por indicação da bancada do Sul, o ex-governador Sinval Guazelli, que, devo reconhecer, fez um bom trabalho recuperando o banco.

O caso mais trágico ocorreu nos primeiros dias da gestão de Dornelles, quando o Banco Central propôs a liquidação de um importante conglomerado. A notícia vazou e surgiram, como costuma ocorrer nessas horas, pessoas com posições diferentes. O diretor do grupo era próximo a Dornelles. Do conselho de administração, participavam pessoas que tiveram uma atuação muito importante na campanha de Tancredo e que iam ficar com os bens indisponíveis. Solicitaram ao ministro que transferisse a decisão da liquidação para o presidente da República, o que ele achou incorreto, injusto. Consequentemente, teve que agir por conta própria: "Passei uma noite sem dormir e na manhã seguinte promovi a liquidação do conglomerado com muito desgosto. Fiquei comovido, porém, quando recebi uma carta do presidente Sarney me cumprimentando pela decisão tomada".

O presidente Sarney foi muito gentil, também, na carta que enviou a seu ex-ministro da Fazenda em 26 de agosto de 1985. Eis o texto:

> Foi com emoção e tristeza que recebi sua carta solicitando exoneração irrevogável do cargo de ministro de Estado da Fazenda. Lamento profundamente sua decisão, por todos os motivos, por mim, pessoalmente, e pelo governo, neste instante privado de seu trabalho e patriotismo.

Durante os dias em que trabalhamos juntos, uns repassados de tragédia e tristeza, outros de entusiasmo e esperança, pude apreciar os sentimentos patrióticos e a capacidade de dedicação ao dever no cumprimento de suas tarefas, sempre demonstrados pelo ministro e pelo cidadão digno e competente.

A Nova República e os resultados alcançados têm uma parcela de seu esforço. Sua colaboração foi inestimável. Expresso-lhe minha gratidão e meu reconhecimento, esperando poder contar sempre com seu esclarecido espírito público.

Agradeço-lhe também todas as atenções pessoais, a gentileza e a alegria da convivência que, sei, não se interromperá neste episódio não desejado e lamentado.

# CAMPANHA DE 1986

Dias após sua saída do Ministério da Fazenda, Dornelles se encontrou com o ex-ministro da Casa Civil de Geisel e Figueiredo, Golbery do Couto e Silva, em Brasília. Quando entrou na sala do ministro, antes que dissesse uma só palavra, Golbery lhe perguntou:
"Minas ou Rio? PMDB ou PFL?"
"Não estou entendendo", respondeu Dornelles ao ministro.
Golbery, então, explicou:

Você tem que disputar a deputação federal. Eu sei bem que você tem condições de conseguir um bom emprego no setor privado. Mas a sua formação é voltada para o setor público.

E prosseguiu:

O período que eu mais ganhei dinheiro na minha vida foi quando eu ocupei a presidência de uma empresa multinacional, mas foi também o período em que eu menos me realizei pessoalmente. De modo que você deve esfriar a cabeça por um ou dois meses, conversar com amigos e pensar muito antes de tomar qualquer decisão, que eu espero seja esta que eu lhe propus.

De volta ao Rio, Dornelles, após refletir e ouvir Cecilia, decidiu sair candidato a deputado federal. Embora fosse mineiro de nascimento e tivesse vivido os seus primeiros 14 anos em São João del-Rei, sua vida profissional foi toda feita no Rio de Janeiro. Sua visão de Estado estava mais para o PFL do que para o PMDB e, por isso, optou pelo primeiro.

Ele começou sua campanha focado na Zona Sul do Rio. Várias reuniões foram realizadas em sua homenagem, principalmente por empresários que apoiaram sua atuação no Ministério da Fazenda.

Dornelles relata:

> Procurei ouvir o maior número de pessoas e, entre elas, priorizava o ex-governador Chagas Freitas. Pedi-lhe uma audiência. Ele não me respondeu. Passado algum tempo, talvez um mês, Chagas Freitas, sem me avisar previamente, apareceu no meu escritório político. Disse-me que, após ter deixado o governo do Rio de Janeiro, não poderia me dar o mesmo apoio que daria caso ainda estivesse lá. Além disso, seu filho Claudio havia se lançado também candidato a deputado federal, o que o obrigava a apoiá-lo. Mas, dentro do quadro no qual vivia, observou, faria o possível para me ajudar.

Com efeito, no decorrer de uma longa conversa com Dornelles, Chagas Freitas falou de sua administração no governo estadual, de seu relacionamento com o governo federal, de sua amizade com Tancredo, e aconselhou:

> Você está dando prioridade à Zona Sul do Rio. Entretanto, a Zona Sul só vota em candidato de posição radical, como Amaral Neto, pela direita, e Milton Temer pela esquerda. Candidato do centro, como você, não vai ter voto na Zona Sul. Eu sei que sua

família é muito grande, mas não espere voto da família, porque parente não vota em parente. Sua mulher é muito bem relacionada, deve ter um caderninho de telefones com quinhentos a mil nomes. Não espere votos daí também, porque amigo não vota em amigo.

Dornelles ficou assustado e disse a Chagas:

Se os amigos não vão votar em mim, se os parentes# não vão votar em mim, se eu não vou ter votos no ambiente em que vivo, onde vou obter votos? O que devo fazer para ser eleito deputado federal no Rio de Janeiro?

Chagas Freitas respondeu: "Para ser eleito deputado federal no Rio o candidato tem que rezar na capital e trabalhar no interior".

Essa conversa com Chagas Freitas mudou completamente a campanha de Dornelles, que começou a procurar pontos de contato com o interior do Estado através de prefeitos, associações comerciais, clubes de serviço e representantes de escolas privadas, de sindicatos e entidades religiosas.

Gill Siuffo, presidente do Sindicato dos Distribuidores de Petróleo (postos de gasolina), que antes apoiava o deputado Célio Borja, que decidiu não mais concorrer, passou a apoiar a candidatura de Dornelles por sugestão do próprio Borja. Foi um apoio importantíssimo. Espalhados por todo o território do Estado, cada posto de gasolina era quase um comitê de Dornelles. Esse apoio, aliás, repetiu-se em todas as eleições que Dornelles disputou.

Dornelles também procurou o cardeal e arcebispo do Rio de Janeiro dom Eugênio Salles. Quando secretário da Receita Federal, Dornelles sempre teve com dom Eugênio um bom relacionamento, principalmente por ocasião das Feiras da Providência. Dom Eugênio disse a Dornelles que não participava de campanhas políticas, mas que faria muitas orações para que ele tivesse sucesso na sua eleição.

Em seguida, Dornelles entrou em contato com líderes de outras correntes religiosas. Conversou com o pastor Túlio Barros, o mais importante nome da Assembleia de Deus de São Cristóvão, que, além de apoiá-lo, colocou o filho Jeremias para disputar a deputação estadual na sua chapa. Entrou em contato também com o pastor Manuel Ferreira, bispo da Assembleia de Deus de Madureira, e com o reverendo Isaías Maciel, de grande prestígio entre os evangélicos. E por meio do ex-presidente Figueiredo chegou ao pastor Fanini, presidente da Igreja Batista de Niterói. Vale a pena citar também que obteve, ainda, um apoio substancial do pastor Euclides Lima, da Igreja Batista do Jardim Botânico.

Esse apoio todo foi respondido com muito trabalho durante o período em que Dornelles esteve na Câmara e no Senado. Quando disputou a eleição para o Senado em 2006, Dornelles teve votação maciça no interior. Em certas cidades do norte e do centro-oeste do estado obteve mais de de 70% dos votos válidos.

Sempre seguindo o ensinamento de Chagas Freitas: "para ser eleito no estado do Rio de Janeiro é necessário rezar na capital e trabalhar no interior".

Consequentemente, já eleito deputado ou senador, Dornelles sempre esteve presente nas cidades do interior. Nos eventos ali realizados começava dizendo: "Não sou 'político Copa do Mundo' que só aparece de quatro em quatro anos nas vésperas das eleições". Essa frase praticamente passou a se constituir uma expressão característica de sua campanha política no estado.

Na capital, Dornelles procurou e obteve fortes apoios do empresariado. Antonio de Oliveira Santos, presidente da Confederação Nacional do Comércio, e Rui Barreto, presidente da Associação Comercial, cada um deles na sua área de influência, ajudaram muito na campanha. Também obteve um bom apoio da imprensa, em decorrência dos seus contatos, quando secretário da Receita e ministro da Fazenda, com Roberto Marinho (*O Globo*), Nascimento Brito (*Jornal do Brasil*) e Ary de Carvalho (*O Dia*).

A maior parte das pessoas que o apoiavam não acreditava na sua eleição. "É quase impossível um secretário da Receita, que era chamado de Leão, ser eleito deputado do Rio de Janeiro", disse Ary de Carvalho a Dornelles. Esse sentimento ajudou muito a Dornelles, pois o medo da derrota levou muitos amigos a entrar com maior profundidade em sua campanha.

A afirmação de Chagas Freitas de que parente não vota em parente, no caso de Dornelles, não prevaleceu. Seus familiares participaram ativamente em sua campanha. Sua mãe, Mariana, e sua mulher, Cecilia, nos quatro meses antes da eleição, trabalharam dia e noite dando telefonemas, escrevendo cartas, enviando santinhos, fazendo reuniões.

Sua tia Esther, freira, fez um trabalho enorme junto às congregações religiosas.

Ele recorda ainda que houve uma grande reunião com ex-alunos da Universidade Harvard, comemorando o aniversário da instituição de ensino norte-americana. O encontro foi celebrado com um jantar no Hotel Othon e o traje era a rigor. Dornelles era o orador oficial. A TV Globo deu grande cobertura ao evento e Dornelles apareceu nas telas dos jornais da TV de *smoking* e falando inglês. Quando chegou a sua residência recebeu telefonemas de vários amigos que estavam à frente de sua campanha com pesadas críticas. Um deles disse o seguinte:

> Você deve retirar sua candidatura e voltar para Harvard. Querer ser candidato aparecendo de *smoking* e falando em inglês é uma afronta ao povão. Se você quiser ser eleito deve aparecer de roupa velha e falar até com erro de português.

Na manhã do dia seguinte o jornal *O Globo* publicou na primeira página uma foto de Dornelles de *smoking*. Ele foi inaugurar um comitê em uma cidade pequena do Rio e quando lá chegou viu que as todas as paredes do comitê estavam enfeitadas com a primeira página de *O Globo* que trazia sua fotografia. O teor genérico dos discursos durante a solenidade foi o de que "nosso candidato não é como os outros, que se vestem mal e não sabem falar outro idioma."

Em outra ocasião, em uma viagem ao interior, foi procurado por Pedro Mendes, fazendeiro e membro do partido na cidade de Cambuci, que fez o seguinte apelo:

Eu queria pedir ao senhor que arrumasse um jeito de chegar a Cambuci de helicóptero. O povo aqui está meio enciumado pois o senhor chegou a Cantagalo de helicóptero e aqui veio de carro velho.

Dornelles conclui:

Esses dois casos mostram que na política tem que se tomar muito cuidado com a reação do eleitorado a fatos que à primeira vista não têm importância, mas que acabam tendo repercussão. Os ciúmes na política têm que ser administrados com cautela.

Interiorizada, com *smoking* ou não, com helicóptero e administrada com muita perspicácia e sabedoria, a campanha deu certo. Em novembro de 1986, Francisco Dornelles elegeu-se deputado constituinte pelo estado do Rio de Janeiro na legenda do Partido da Frente Liberal (PFL) com aproximadamente 70 mil votos, sendo o sétimo mais votado do estado. Tratava-se de seu primeiro mandato como deputado, a ser sucedido posteriormente por mais quatro.

# DEPUTADO CONSTITUINTE

A posse foi em fevereiro de 1987. Dornelles viria a ter um papel relevante nos debates da Assembleia Nacional Constituinte, onde presidiu a Comissão do Sistema Tributário, Orçamento e Finanças e foi membro titular da Comissão de Sistematização.

Desde o início, Dornelles discordou do caminho seguido para elaboração do texto constitucional. Considerou que o maior erro ocorrido na votação da Constituição de 1988 decorreu do fato de que os constituintes não tinham uma visão macro do que deveria ser uma constituição e insistiram em colocar na Carta Magna dispositivos que refletiam o programa de seu partido, bem como interesse de grupos, de classes e de regiões que representavam. Essa tendência ocorreu visivelmente na votação da ordem econômica que acolheu dispositivos que consolidavam o Estado gigante, como foi o caso do monopólio estatal nas áreas das comunicações, da energia e do transporte, que exigiram, em prazo muito curto, reformas constitucionais para aliviar a ordem estatizante.

Do seu ponto de vista, a Constituição devia ser uma carta de princípios, estabelecendo as regras de convivência democrática e de alternância de poder. Discursando na Assembleia Constituinte, disse:

> Se uma constituição predeterminar em seu texto, respostas às controvérsias econômicas e sociais, em torno das quais se trava a disputa política de todos os dias, ela estará simplesmente eliminando a própria competição democrática, impedindo a possibilidade de alternância das ideologias no poder, bloqueando a evolução das ideias na sociedade e cassando do eleitorado o direito de mudar de opinião frente aos grandes problemas do país.
> A Constituição democrática não deve ser concebida como uma construção definida e acabada da ordem política, econômica e social. Na democracia, a constituição funciona como o alicerce das regras mínimas, a partir das quais os políticos; em eleições sucessivas e junto com o povo, vão construindo e reconstruindo a sociedade, a cada mandato, a cada década e a cada geração. Compreende-se, assim, que a Constituição verdadeiramente democrática não deve ser de esquerda, nem de direita. Não lhe cabe definir-se como conservadora, nem como progressista. A Constituição democrática tem de ser a cristalização do consenso de toda a comunidade, na definição das regras e dos valores, que hão de permitir a evolução política, a administração pacífica dos conflitos e o progresso do país, tudo no respeito aos direitos fundamentais da pessoa humana e à autonomia da sociedade.

Embora entendendo que o caminho escolhido para votação da Constituição não tenha sido o que propusera, Dornelles não permaneceu na área da lamentação e teve uma atuação extremamente ativa na votação do texto constitucional.

Apresentou 274 emendas, das quais 110 foram aproveitadas total ou parcialmente. Foi presidente da comissão do sistema tributário orçamento e finanças que teve como relator o então deputado José Serra, que atendeu as expectativas de reforma tributária exigidas pela sociedade brasileira, levando a um avanço sobre o sistema tributário de 1967.

O projeto promoveu expressivo fortalecimento das finanças estaduais e municipais, melhor distribuição regional de renda, principalmente em decorrência do aumento dos percentuais do Imposto sobre Produtos Industrializados (IPI) e do Imposto de Renda (IR) distribuídos aos fundos de participação, e abre campo para que lei ordinária federal e estadual imprimam a necessária progressividade aos impostos.

Trouxe também maior racionalidade ao sistema, pela eliminação de seis impostos que foram incorporados ao imposto sobre operações relativas à circulação de mercadorias e sobre as prestações de serviços (ICMS), e mais garantias ao contribuinte, pela eliminação da possibilidade de retroatividade econômica do IR e pelo melhor disciplinamento de empréstimo compulsório.

Entretanto, a racionalidade do sistema tributário votado pelos constituintes de 1988 foi totalmente anulada pelo texto votado pela Comissão de Ordem Social que criou o sistema tributário paralelo, onde foi criada a possibilidade de o governo federal instituir contribuições sobre o faturamento, sobre o lucro e sobre o patrimônio, autorizando ainda a criação de outras contribuições destinadas à seguridade social. Esse sistema tributário paralelo abriu caminho para que a arrecadação do governo federal através das contribuições fosse maior que a realizada pelos impostos federais.

As críticas mais frequentes feitas ao sistema tributário votado pela Constituição de 1988 são decorrentes da competência que foi dada a União de criar contribuições não sujeitas às regras fixadas pelo capítulo do sistema tributário.

Na comissão presidida por Dornelles foram introduzidos avanços que aumentaram a participação do Congresso Nacional na aprovação do orçamento e no ordenamento das finanças públicas, dentre os quais devem ser destacados os seguintes:

> O orçamento global da União passaria a contar, além do orçamento fiscal, o orçamento de investimentos das empresas públicas e o da Seguridade Social.
> Criou-se a figura da lei das diretrizes orçamentárias, a ser apreciada pelo Congresso durante o primeiro semestre e que definiria as regras básicas que norteariam a elaboração da proposta orçamentária do exercício seguinte. Ou seja, o Legislativo efetivamente passaria a participar do processo sinalizando as metas do orçamento.
> Demonstrativo regionalizado das isenções e benefícios fiscais em geral acompanharia o orçamento fiscal. Assim, esse orçamento apontaria não apenas quanto o governo pretenderia arrecadar, como a receita a que renunciava e a favor de quem.

A Assembleia Constituinte dedicou particular atenção ao reordenamento das finanças públicas brasileiras. Além dos assuntos mais específicos relativos ao sistema tributário e aos orçamentos públicos, foram feitas propostas sobre matérias em geral relacionadas às finanças governamentais.

Uma das principais inovações do projeto em comparação às constituições do país foi a definição de um Código de Finanças Públicas. E

Para reafirmar o papel do Banco Central como autoridade monetária, ele foi expressamente proibido de conceder empréstimos ao Tesouro Nacional e a qualquer instituição não financeira, bem como lhe foi atribuído o poder exclusivo de regular a oferta de moeda, a taxa de juros e a guarda de reservas do país.

Ainda na Constituinte, Dornelles votou contra o estabelecimento de limites ao direito de propriedade privada, a nacionalização do subsolo, a estatização do sistema financeiro, o limite de 12% ao ano para os juros reais, a possibilidade de desapropriação da propriedade produtiva e a introdução do regime parlamentarista.

Segundo ele, muito se debateu sobre as razões que levaram os constituintes a estabelecer que o ICMS sobre petróleo fosse cobrado no estado de destino e não no estado de origem, como ocorre no caso de outros produtos. A razão dessa mudança, explica Dornelles, não foi de responsabilidade do então deputado José Serra, relator da matéria. O caso foi o seguinte: o petróleo estava sujeito ao Imposto Único sobre Combustíveis, de competência da União, que distribuía um percentual aos estados. Quando a matéria foi debatida, por manobra do governo federal, que não queria abrir mão de sua competência de tributar petróleo, foi mostrado que apenas o Rio de Janeiro e o Espírito Santo ganhariam com a mudança da competência da União para os estados. Esse argumento contagiou os parlamentares de outros estados, que chegaram a pensar em não transferir para os estados a competência de tributar com o ICMS o petróleo.

Resultado: Para contornar a situação, chegou-se a um meio termo. A competência para tributar o petróleo ficaria com os estados, porém cobrado no estado de destino. O Rio de Janeiro e o Espírito Santo ganhariam mais, é lógico, com a cobrança no estado de origem. Mas entre não ter nada desse imposto e cobrar no destino era melhor para os estados cobrar no destino.

Dornelles conta duas histórias que aconteceram na votação da Constituinte, relativas aos então deputados José Serra e Luiz Inácio Lula da Silva. O fato envolvendo o deputado José Serra refere-se exatamente ao Imposto sobre Combustíveis e foi o seguinte:

> Na Comissão de Orçamento, Finanças e Tributação eu era o presidente e José Serra, o relator. Tínhamos uma posição a favor do fortalecimento dos estados transferindo para essas unidades da federação alguns impostos da União. E aí ocorreu o seguinte: Eu estava no cafezinho da Câmera quando um senhor se aproximou de mim e disse: "Por favor, deputado, não saia do plenário, pois quando a frequência estiver baixa e o Serra e o Dornelles saírem do plenário, será votada uma emenda voltando para a União o Imposto sobre Combustíveis, que eles haviam colocado como competência dos estados".

Claro que o tal do senhor havia confundido Dornelles com outro deputado. Ele voltou ao plenário e falou com José Serra, que mobilizou deputados de todos os lados. A emenda foi fragorosamente derrotada e o Imposto sobre Combustíveis continuou na competência dos estados.

Já o caso de Lula diz respeito ao voto de uma emenda:

> Apresentei uma emenda no plenário da Assembleia Constituinte para ser inserida como artigo no capítulo da Ordem Econômica. O prazo para votação estava se esgotando e faltava um voto para a sua aprovação, quando o deputado Lula entrou no plenário. Embora nunca tivesse falado com ele, pedi seu voto para aprovação da minha emenda, que hoje é o parágrafo único do artigo 170 da Constituição. Segundo ele, "É assegurado a todos o livre exercício de qualquer atividade econômica, independentemente de autorização de órgãos públicos, salvo nos casos previstos em lei". A primeira reação de Lula, por ser um pedido meu, foi a seguinte: "deve ser contra o povo". Quando falei o teor da emenda, imediatamente a aprovou.

Ele crê que o ex-presidente Lula não se lembre mais desse episódio e muito menos deve saber que o parágrafo único do artigo 170 da Constituição lá está graças a seu voto.

# MANDATO NA CÂMARA DE DEPUTADOS

Com a promulgação da nova Constituição em 5 de outubro de 1988, Dornelles passou a participar dos trabalhos legislativos ordinários, ocupando postos importantes nas comissões relacionadas à ordem econômica: foi presidente da Comissão de Finanças da Câmara em 1989 e 1990, relator da Lei do Seguro-desemprego e coordenador da comissão que regulou a destinação aos estados dos *royalties* do petróleo e energia elétrica.

Na eleição presidencial de 1989, após o fraco desempenho da candidatura de Aureliano Chaves (PFL) no primeiro turno, acompanhando a posição de praticamente todas as lideranças peefelistas, Dornelles apoiou Fernando Collor. Nessa eleição, Lula foi derrotado por Collor.

Dornelles também apoiou o pacote de medidas econômicas imposto pela ministra Zélia Cardoso de Mello e sua equipe, ou seja, o Plano Collor.

No Rio de Janeiro, em 1990, o PFL tentou combater a candidatura de Leonel Brizola com seu próprio candidato. Primeiro, o partido pensou no próprio Francisco Dornelles, mas depois optou por apoiar a candidatura do senador Nelson Carneiro pelo PMDB. Brizola foi eleito e Nelson Carneiro ficou na terceira posição. Já Dornelles foi reeleito deputado federal pela legenda do PFL para seu segundo mandato na Câmara. Tomou posse em fevereiro de 1991. De início, foi vice-líder do bloco parlamentar que dava apoio a Collor no Congresso, formado pelo PFL, pelo PRN e por algumas pequenas legendas, como o Partido Social Cristão (PSC), o partido da Mobilização Nacional (PMN) e o Partido Social Trabalhista (PST).

Defendeu reformas constitucionais, como a extinção dos monopólios estatais e a privatização de empresas do governo, a alteração do conceito de empresa nacional e a maior abertura da economia ao comércio internacional. Propunha que o Banco Central passasse a ter gestão independente do Tesouro Nacional, dispondo de autonomia para negar eventuais emissões de moeda.

Em 1992, voltou a presidir a Comissão de Finanças da Câmara e manifestou-se contrário à proposta de reforma fiscal apresentada em agosto pelo governo federal.

Em 29 de dezembro desse ano, votou a favor da abertura do processo de *impeachment* proposto pela Comissão de Inquérito Parlamentar. Collor seria afastado provisoriamente do governo e substituído pelo vice-presidente, Itamar Franco:

> Eu estava disputando a eleição para prefeito no Rio de Janeiro e me encontrava um pouco afastado da Câmara naquele momento. Não participei de todo aquele período relacionado com comissões de inquérito e de levantamento de bens na fase política anterior. Mas votei pelo afastamento de Collor, porque havia sido criado um tal clima no país, uma tal situação

emocional, que realmente não havia mais condições para que ele continuasse no poder. Quando votei, não entrei no mérito das acusações sob o aspecto de dolo... Meu voto foi um voto político. O país exigia que ele não permanecesse mais como presidente da República.

A confirmação definitiva de Itamar Franco na presidência da República ocorreria justamente em 29 de dezembro de 1992, quando Collor foi oficialmente destituído do cargo. Essa confirmação ficaria mais assegurada ainda com o plebiscito de 21 de abril de 1993, no qual a forma de governo presidencialista ganhou em disparada das outras formas de governo (parlamentarismo e monarquia), concentrando o poder nas mãos de Itamar.

Quando se candidatou a prefeito do Rio, Dornelles defendeu mais investimentos em cultura e turismo e a criação de uma guarda municipal armada, a fim de enfrentar o problema da segurança pública. No primeiro turno, só obteve 3% dos votos válidos, ficando em sétima colocação entre os 11 concorrentes. No segundo turno, decidiu apoiar César Maia, candidato do PMDB, que venceu Benedita da Silva, candidata do PT. O candidato peemedebista, de acordo com Dornelles, seria mais capaz de buscar junto ao empresariado os investimentos necessários para recuperar a economia do Rio.

No seu segundo mandato, Dornelles examinou o balanço do Banerj, que foi divulgado com grande pompa, apresentando lucro bastante relevante.

Verificou que o lucro dessa instituição financeira era fictício. A participação dos títulos do metrô do Rio no seu ativo era excessiva. O título tinha o valor nominal de um, mais não valia nada no mercado. Entretanto, devido ao sistema em vigor de correção monetária obrigatória do ativo permanente, essa correção dava lugar ao um lucro inexistente e que, por isso, para pagamento de dividendos, a instituição tomava empréstimos. Na realidade, o pagamento de dividendos era pago com o endividamento.

Dornelles apresentou um projeto vedando o pagamento de dividendos com base no saldo credor da conta de correção monetária, apurado por empresas estatais. Na ocasião, o jornalista Gilberto Scofield publicou uma nota no Informe Econômico do *Jornal do Brasil* de 12 de fevereiro de 1994, a qual denominou de "Torniquete":

> Muito discretamente o Senado aprovou esta semana projeto do deputado Francisco Dornelles que impede as estatais de distribuírem lucros fictícios decorrentes da correção monetária do ativo permanente a diretores, sócios e acionistas. 'Ao contrário da maioria das empresas privadas, as estatais não têm parcimônia na distribuição de resultados, o que cria verdadeira partilha de dinheiro público', diz o deputado.

O projeto foi sancionado pelo presidente Itamar Franco, tornando-se a lei 8.920 de julho de 1994. Publicada a lei, que atingia todas as instituições financeiras estatais, Dornelles recebeu um telefonema do presidente do Banco do Brasil dizendo:

"Dornelles, estou numa situação difícil, o seu projeto proíbe o Banco do Brasil de distribuir os dividendos, o que vai causar grande transtorno para os acionistas, inclusive o governo federal". "O lucro do Banco do Brasil é fictício?" indaguei. O presidente respondeu: "É fictício, pois grande parte do nosso ativo é podre. Existe algum problema no sentido de contornar a situação considerando que a lei não atinge a correção já feita?" Eu disse: "Você age como você quiser. Mas a lei estabelece que a distribuição de dividendos com inobservância do nela disposto implica a responsabilidade dos administradores, que deverão repor a importância distribuída."

O Banco do Brasil decidiu não distribuir dividendos. Mas quando um acionista telefonava para o banco perguntando sobre os dividendos, o funcionário falava: "A lei do deputado Dornelles proibiu a distribuição dos dividendos!".
Dornelles comenta:

> A pressão sobre a minha pessoa e até sobre meus familiares foi enorme, mas foi essa lei que impediu a distribuição de patrimônio e salvou o Banco do Brasil e outras empresas estatais.

Em março de 1993, ele deixou o PFL e ingressou no Partido Democrático Social (PSD), que se fundiria com o Partido Democrático Cristão (PDC), criando o Partido Progressista Reformador (PPR). Em maio, Dornelles assumiu a presidência regional do PPR no Rio. Na ocasião, chamou a atenção para a importância do apoio do partido ao governo de Itamar, para garantir a estabilidade política do país, e elogiou a prioridade que o governo federal vinha dando à agricultura, às pequenas empresas, à área social e ao setor de infraestrutura.

Ainda em 1993, houve uma discussão em torno da revisão constitucional, que estava prevista para ser realizada cinco anos após a promulgação da Carta de 1988. Dornelles apresentou ao PPR, em novembro, um conjunto de emendas constitucionais para serem apreciadas pelo partido e levadas ao Congresso. Entre suas propostas, destacavam-se o fim dos monopólios estatais, com exceção do setor de energia nuclear; a racionalização da cobrança de impostos, como a fusão do Imposto Predial Territorial Urbano com o Imposto Territorial Rural, e a extinção do Imposto de Grandes Fortunas, instituído na Carta de 1988 mas não regulamentado.

Na legislatura de 1991 a 1995 foi membro da Comissão da Reforma Fiscal da Câmara, membro da Comissão de Orçamento e relator da medida provisória editada pelo presidente Itamar Franco à reforma administrativa.

Nas eleições de outubro de 1994, Dornelles conseguiu o terceiro mandato de deputado federal na Câmara, na legenda do PPR. Obteve 124.300 votos, terceira maior votação dos candidatos a deputado no Rio. Na campanha eleitoral, defendeu as reformas constitucionais, incentivos para a construção do porto de Sepetiba e a conclusão da usina nuclear Angra II.

Na mesma ocasião, o senador Fernando Henrique Cardoso, do PSDB, foi eleito presidente da República com apoio de uma coligação que, ao lado do seu partido, incluía o PFL e o PTB.

Em fevereiro de 1995, Dornelles assumiu a liderança do PPR na Câmara e tornou-se membro titular da Comissão de Finanças e Tributação da Comissão Mista de Orçamento. Em agosto, o PPR fundiu-se com o Partido Republicano Progressista (PRP), tendo sido criado o Partido Progressista Brasileiro (PPB). Dornelles passou a ser o vice-presidente da nova agremiação partidária.

O presidente João Goulart e Tancredo Neves sobem a rampa do Palácio do Planalto em 8 de setembro de 1961, um dia após a posse de Jango. Dornelles, então secretário particular do primeiro-ministro, está ao lado de Tancredo

O publicitário Mauro Salles, Tancredo Neves, Pompeu de Souza (chefe de imprensa de Tancredo) e Dornelles, na Granja do Ipê, 1961

Dornelles em visita a Estrasburgo, 1963, em grupo de estudantes estrangeiros da Universidade de Nancy, França

Posse de Dornelles como presidente da Comissão de Estudos Tributários Internacionais (CETI) do Ministério da Fazenda, 1974

Cerimônia de posse como procurador-geral da Fazenda Nacional na gestão de Mario Henrique Simonsen, 1975

Posse como secretário da Receita Federal, 1979

Francisco Dornelles
com o presidente
João Baptista Figueiredo
e o ministro Ernane
Galvêas. Palácio do
Planalto, 1981

Capa da *Veja*, 20 de fevereiro de 1985: "O Xerife de Tancredo"

Posse como ministro da Fazenda do presidente José Sarney, 1985

Ernane Galvêas, Cecilia, dona Mariana e Dornelles em sua posse como ministro da Fazenda. Brasília, 1985

Com Walter Moreira Salles durante a posse em 1985

Coquetel no Banco Bozano, Simonsen de Investimento: Dornelles, Theóphilo de Azeredo Santos e Mario Henrique Simonsen, 1986

Com Pedro Simon no Senado Federal, 2008

Com Cecilia na campanha para prefeito do Rio de Janeiro, 1992

O casal Dornelles e a filha Mariana no Parque do Flamengo, Dia dos Pais. Campanha para prefeito do Rio de Janeiro, 1992

Como líder do PPR em encontro dos deputados do partido com Fernando Henrique Cardoso, 1996

Dornelles assume o Ministério da Indústria, do Comércio e do Turismo no governo de Fernando Henrique, a 13 de maio de 1996: "O Ministro da Iniciativa Privada"

Posse como ministro da Indústria, do Comércio e do Turismo de FHC, 1996

Francisco Dornelles e Fernando Henrique Cardoso recebem o papa João Paulo II na sua chegada ao aeroporto do Galeão, Rio de Janeiro, em 2 de outubro de 1997

Na campanha de César Maia para governador do estado do Rio de Janeiro, com Fernando Henrique Cardoso e Luiz Paulo Conde, 1998

Na cerimônia de posse como ministro do Trabalho e Emprego de FHC, em 1º de janeiro de 1999, com o ministro da Defesa, Élcio Álvares, o senador Antônio Carlos Magalhães e o deputado federal Delfim Netto. Ao fundo, atrás de ACM, estão Cecilia Dornelles e o também deputado federal Michel Temer

Com Fernando Henrique Cardoso, de quem foi ministro do Trabalho no período 1999-2002

Com Itamar Franco no Palácio do Planalto, 1999

Posse como ministro do Trabalho e Emprego em 1º de janeiro de 1999

Com Carlos Menem, presidente da Argentina. Buenos Aires, 2001

O senador Francisco Dornelles com o presidente Lula em 2007

Com a presidente Dilma e a bancada do PP no Senado, 2011

No Senado Federal, onde atuou de fevereiro de 2007 a dezembro de 2014

Diplomação de Pezão como governador do estado do Rio de Janeiro e de Dornelles como vice-governador, 1º de janeiro de 2015

# COM FHC, NA INDÚSTRIA
# E NO COMÉRCIO

No início de 1996, Fernando Henrique abriu negociação em torno da participação do PPB, cujo presidente era o senador Esperidião Amim, em sua equipe ministerial. Queria ampliar a base de sustentação de seu governo no Congresso Nacional. FHC visava a ter apoio tanto do PPB como do PMDB para aprovar importantes reformas constitucionais, a reforma da Previdência e a emenda que permitiria a reeleição para presidente da República.

O então deputado Sergio Naya ofereceu um jantar em sua residência em homenagem ao deputado Luiz Carlos Santos, que ocupava o Ministério de Coordenação de Assuntos Políticos do presidente FHC. Para esse jantar, convidou todos os senadores e deputados do Partido Progressista. Em determinado momento, o ministro Luiz Carlos chamou Dornelles para uma conversa em separado, dizendo-lhe que FHC queria a participação do Partido Progressista em seu governo. Para materializar essa vontade, gostaria de ter Dornelles como ministro da Agricultura.

Dornelles explicou ao ministro Luiz Carlos que o Partido Progressista era um partido ruralista. A quase totalidade dos deputados e senadores era ligada ao setor agrícola e sua indicação para o cargo de ministro iria provocar descontentamento na bancada, visto que ele não era ligado ao setor rural. Por essa razão, achava inconveniente sua nomeação para tal posição.

No dia seguinte, estava Dornelles no Salão Verde da Câmara quando sua secretária lhe comunicou que o presidente FHC estava querendo falar com ele com urgência. Dornelles telefonou para FHC, que lhe disse ter assinado sua nomeação para ministro da Indústria, do Comércio e do Turismo. "Não se trata de um convite, mas de uma convocação", afirmou o presidente.

Dornelles respondeu que era uma grande honra para ele participar do ministério de FHC, tendo afirmado que faria tudo que estivesse em seu alcance para não decepcionar a confiança que lhe estava sendo depositada. Minutos depois, recebeu um telefonema do ministro Sergio Motta cumprimentando-o e dizendo que dera o furo para a Rede Globo, que, aliás, havia divulgado a nomeação logo depois.

E foi assim que Francisco Dornelles substituiu a economista Dorothea Werneck no cargo de ministro da Indústria, do Comércio e do Turismo. Dornelles conhecia bem Fernando Henrique desde a campanha de Tancredo Neves para a presidência da República. Nos tempos da Assembleia Nacional Constituinte, quando FHC era senador, ele era deputado federal. Além disso, o primo do pai de FHC, o general Ciro do Espírito Santo Cardoso, como já foi dito, havia sido padrinho de casamento de Mozart e de Mariana, pais de Dornelles, na cerimônia ocorrida em São João del-Rei.

Assim que assumiu o Ministério da Indústria, do Comércio e do Turismo, Eduardo Jorge, secretário do presidente Fernando Henrique, de maneira gentil e educada, manifestou a Dornelles o desejo de FHC da manutenção do dr. Julio Bueno na presidência do Inmetro e a do dr. Caio Carvalho na presidência da Embratur. Dornelles chamou, então, o dr. Julio, e informou-o do desejo do presidente da República, tendo dito a ele que deveria atuar como se fosse um ditador no Inmetro. Julio Bueno, no entanto, entrosou-se rapidamente com a equipe de Dornelles e tornou-se a pessoa que mais o ajudou na administração do ministério. Posteriormente, Julio Bueno foi secretário da Indústria do governador Sergio Cabral e secretário de Finanças de Pezão e Dornelles no governo do estado do Rio.

Caio Carvalho, presidente da Embratur, no primeiro encontro que teve com Dornelles, informou-lhe que sua autarquia era totalmente independente. Dornelles lhe disse: "Ótimo, vá em frente". Aproximadamente duas semanas depois, Caio voltou a Dornelles reclamando que o ministério não havia repassado o dinheiro da Embratur. Dornelles questionou como a Embratur poderia ser um órgão independente se não tinha recursos próprios. Após esse despacho, Caio entrosou-se com o ministério e virou amigo pessoal de Dornelles, amizade mantida até hoje. No segundo mandato de FHC, Caio tornou-se ministro do Turismo, tendo feito um ótimo trabalho.

Como ministro da Indústria e do Comércio, Dornelles defendeu a adoção de medidas contra o *dumping* praticado por empresas estrangeiras contra produtos brasileiros – redução artificial de preço de determinado produto, visando inviabilizar a atividade de concorrentes. Com isso, determinou a elevação de alíquotas de importação sobre diversos artigos, cujos similares nacionais vinham encontrando dificuldades para acompanhar o quadro da concorrência surgido com a abertura comercial, entre eles calçados, brinquedos, têxteis, veículos, papel e celulose. Setores liberais mais radicais o chamaram, na ocasião, de ministro neoprotecionista.

Um dia antes de tomar posse, em maio de 1996, Dornelles já tinha explicado sua posição, em entrevista concedida à jornalista do *Jornal do Brasil* Claudia Safatle: "A abertura comercial é irreversível, mas o país não é 'casa da mãe Joana' nem lugar de pirataria e precisa ter defesa contra a concorrência desleal." No caso dos tecidos importados de Hong Kong, da China, da Coreia e do Panamá, resolveu adotar o sistema de cotas, a fim de que a indústria têxtil brasileira não desaparecesse do mapa.

Em sua gestão foi aumentado o volume de recursos e incentivados do Proex para exportação, sobretudo no que conserve a Embraer. Foi concluído o acordo automotivo com a Argentina e revogado o acordo com México, que considerava prejudicial à indústria brasileira, reestruturado e modernizado o Inmetro e criado o centro tecnológico de Xerém. Além disso, criticou a cobrança da Contribuição Provisória sobre a Movimentação Financeira (CPMF) sobre operações em bolsa, argumentando que a medida era um retrocesso e contribuiria para afugentar capitais do país.

Em 6 de dezembro de 1996, ele afirmou:

É um imposto que tem efeito em cascata, devastador para o mercado de capitais. Num momento em que a inflação está sob controle, com projeção de fechar o ano em um dígito, e os estrangeiros estão apostando no Brasil, não podemos remar na direção oposta ao desenvolvimento.

Em 1996, o Brasil havia recebido US$ 8 bilhões de recursos externos. De acordo com o ministro da Indústria e do Comércio, estudos de técnicos do ministério indicavam que em 1997 o ingresso seria recorde, chegando a US$ 12 bilhões. Essa entrada recorde seria causada pela privatização da Vale, pelo início das vendas nos setores de telecomunicações e energia e por um grande investimento nas áreas de química e transformação.

Foi criado o Conselho Deliberativo da Política do Café com a finalidade de traçar uma política de produção, comercialização e exportação do produto. Na solenidade de instalação do Conselho, Dornelles fez a seguinte observação:

> O Conselho Deliberativo da Política do Café ora institucionalizado traduz as diretrizes estabelecidas por vossa excelência no sentido de que o setor privado esteja sempre presente no processo de tomada de decisão do Ministério da Indústria, do Comércio e do Turismo. No conselho estão representados os ministérios e as associações de classe do setor privado todos ligados à política cafeeira de forma a garantir uma condição harmoniosa das políticas e ações destinadas a modernização do setor cafeeiro Nacional. O conselho ora institucionalizado não implica criação de um único cargo remunerado, requisição de funcionários ou despesas de manutenção. É ele apenas um elo entre o setor público e privado para tornar mais democrática e transparente as decisões tomadas na área do café.

Foi aumentada a participação do álcool na gasolina e promovida a criação do Conselho Interministerial de Açúcar e do Álcool. Dornelles justifica:

> O setor sucroalcooleiro nacional foi organizado sob completo controle do Estado, aplicando-se modelo intervencionista concebido no final do século passado, sistematizado nos anos 1930 e alterado, em parte, nos anos 1960 e início dos anos 1970.

Reconheceu o governo Fernando Henrique, logo de início, a urgente necessidade da aplicação de um novo modelo de gerenciamento das relações entre governo e setor sucroalcooleiro, que, através da constante operacionalização de mecanismos horizontais, transparentes e éticos, passasse a induzir à melhoria continua da qualidade, ao aumento da produtividade e à agregação de valor.

Durante a gestão Dornelles foi dada especial atenção à indústria do turismo. Foi destinado pelo Banco Nacional de Desenvolvimento Econômico e Social (BNDES) R$ 1 bilhão para financiamento de projetos turísticos no setor privado. O Prodetur Nordeste Aeroportos destinou U$ 49 milhões para a ampliação dos aeroportos de Fortaleza, Aracaju, Natal, São Luiz e Salvador. O programa Pantanal Ecoturismo e Meio Ambiente liberou US$ 400 milhões para serem aplicados na proteção do meio ambiente nos estados de Mato Grosso e Mato Grosso do Sul. Já o Programa Nacional de Municipalização do Turismo foi criado com o objetivo de trabalhar com mil e quinhentos municípios com potencial turístico.

E por fim, em 1996 e 1997, foram concedidos ao Plano Nacional de Educação para o Turismo R$ 27 milhões dos recursos provenientes do Fundo do Amparo ao Trabalhador (FAT), para treinar 72 mil pessoas que trabalhavam direta e indiretamente na indústria do turismo.

Com a decisão do governo de FHC de modernizar o capítulo econômico da Constituição, teve fim a reserva de mercado existente no âmbito do turismo marítimo, criando a possibilidade de embarcações internacionais realizarem cruzeiros marítimos ao longo da costa brasileira. Foi realizado um amplo projeto de divulgação de pontos turísticos do Brasil.

Dornelles considerava que a política de cinema e de audiovisual deveria ficar sob a supervisão do Ministério da Indústria e do Comércio. Em seminário realizado em Fortaleza sobre a importância do setor, afirmou:

> A indústria audiovisual é grande geradora de empregos diretos e indiretos no Brasil. Se voltarmos a produzir 112 filmes por ano como já fizemos nas décadas de 1970 e 1980, a retomada dessa atividade pode gerar de 25 mil a 30 mil empregos por ano. Nos Estados Unidos, a indústria cinematográfica e audiovisual atinge U$ 220 bilhões por ano, acima da indústria automobilística e representando a segunda fonte de renda do país, só perdendo para indústria de armamentos.

Enquanto estava no Ministério da Indústria e do Comércio e era presidente do Partido Progressista, também ocorreu um caso curioso que vale a pena ser narrado, referente a Sérgio Motta, ministro de Comunicações de Fernando Henrique Cardoso. Dornelles levou o deputado

Gerson Peres, do Pará, para conversar com Sérgio Motta. Peres estava meio descontente com o governo e Motta era uma pessoa que tinha grande habilidade política para discutir com deputados. Durante o encontro, Peres reclamou que era tratado no Pará como se fosse da oposição. Nenhuma de suas propostas havia sido atendidas.

Sérgio pegou o telefone e ligou para o delegado do Ministério das Comunicações de Belém. A ligação não levou nem um minuto para ser completada. Sérgio, com o telefone na mão, disse as maiores ofensas ao delegado das Comunicações em Belém, dizendo que Gerson Peres era o deputado número 1, o mais querido do governo, que ele não atendia os pleitos e que se não atendesse os pleitos de Gerson, ele teria um problema sério com ele, podendo até ser demitido. Gerson entrou em êxtase quando viu Sérgio hostilizar o delegado do Ministério das Comunicações paraense.

Como Sérgio pedira a Dornelles para ficar em seu escritório mais um minuto, ele deixou o Gerson no elevador e voltou. Ao retornar, comentou com o Sérgio:

"Sérgio, o Gerson Peres é um deputado muito sério. Mas ele não tem meio termo. Ou é o maior amigo, ou é o maior inimigo. Quando você fez a ligação para o delegado, não tinha ninguém do outro lado da linha". "Como é que você descobriu?", indagou, assustado, Sérgio Motta. "Sérgio, há mais de quarenta anos eu vejo cenas como essa. Agora, o Gerson, você tem que resolver alguma coisa, senão ele ficará contra nós". Sérgio Motta perguntou: "Gerson percebeu também?". Dornelles disse que não. Sérgio Motta afirmou, então: "Pode deixar, vou cuidar do assunto".

Deu tudo certo. A questão foi resolvida, pelo que tudo indica, da melhor forma possível:

> Dez dias, depois Gerson Peres entrou no meu gabinete e disse: "A partir de agora não sou nem Fernando Henrique, não sou Amin, não sou Dornelles, sou Sergio Motta. Ele é o melhor homem desse governo. Resolveu todos os meus problemas. Já fiz um discurso elogiando-o e agora só faço o que ele mandar.

Assim como Espiridião Amin, Dornelles foi favorável à emenda constitucional que permitia a reeleição em cargos executivos. Paulo Maluf foi contrário, mas, mesmo assim, em 28 de janeiro de 1997 a emenda foi aprovada em primeiro turno na Câmara, obtendo 28 votos a mais do que o mínimo necessário. Na ocasião, Dornelles foi apontado por líderes governistas como um dos principais responsáveis pela aprovação da reeleição. Em 1997, o ministro da Indústria e do Comércio de FHC seria eleito vice-presidente da Fundação Getúlio Vargas.

Maluf desistiu da sucessão presidencial em 1998 para candidatar-se ao governo paulista. De acordo com matéria publicada pela *Folha de S. Paulo*, estrategistas do malufismo haviam prognosticado que seria um erro alimentar o sonho presidencial, pois pesquisas mostravam que FHC venceria Maluf em todo o país, com exceção de São Paulo, onde o pepebista estaria empatado tecnicamente com o tucano.

Em março de 1998, Dornelles deixou seu posto no ministério de FHC e reassumiu a cadeira de deputado federal, obedecendo ao prazo de desincompatibilização para concorrer a um novo mandato na Câmara no pleito de outubro. O PPB indicou o substituto na pasta, o embaixador José Botafogo Gonçalves.

Fernando Henrique enviou ao "deputado e amigo", em 8 de abril, uma carta agradecendo a atuação incansável e competente que tivera frente ao Ministério da Indústria, Comércio e Turismo:

> Tive em Vossa Excelência um colaborador leal e que sempre se destacou por seu compromisso com o interesse nacional e com a execução dos objetivos do governo. A agenda do MICT incluiu, nesse período, diversos temas da maior importância para a concretização do projeto de desenvolvimento que estamos conduzindo. Os novos tempos em que vivemos, marcados por circunstâncias sem precedentes no comércio internacional e no plano do desenvolvimento industrial, trazem desafios que exigem o nosso melhor esforço e nossa melhor reflexão. O descortino e o espírito público de que Vossa Excelência deu mostras em sua atuação no MICT trouxeram uma contribuição de relevo para o esforço do Brasil no sentido de enfrentar com êxito aqueles novos desafios.

Despediu-se desejando a Dornelles êxito na vida política, "com a melhor sorte nas próximas eleições", e felicidade pessoal. Na campanha no Rio em 1998, Fernando Henrique demonstrou mais uma vez grande competência política, afirma o ex-governador:

> A coligação PMDB-PSDB, apoiava Luiz Paulo Correa da Rocha para governador e Moreira Franco para senador. A coligação PFL-PP apoiava para governador o ex-prefeito César Maia e para Senador o então deputado Roberto Campos. As duas coligações apoiavam FHC para a presidência. Surgiu o problema de como equacionar a vinda de Fernando Henrique ao Rio. Foi feito um

acordo. FHC participaria numa noite de um comício da coligação PMDB-PSDB na Baixada Fluminense. Na manhã seguinte, ele participaria de um comício da coligação PFL-PP na Ilha do Governador. Fernando Henrique foi aos dois comícios, elogiou Luiz Paulo, Moreira Franco, César Maia e Roberto Campos, mas não pediu voto para ninguém. As coligações ficaram extremamente satisfeitas com a participação de Fernando Henrique.

No Rio, o PPB apoiou o ex-prefeito César Maia para governador. O candidato ao senado seria o economista Roberto Campos. No entanto, Maia e Campos perderam, tendo sido derrotados, respectivamente, por Anthony Garotinho, do PDT, e por Roberto Saturnino Braga, do PSB. Benedita da Silva (PT) foi eleita a vice-governadora de Garotinho.

Apesar de derrotado, a grande estrela da campanha, segundo Dornelles, foi o candidato a senador Roberto Campos:

> Demonstrando grande forma física, ele percorreu todo o estado do Rio, abraçando, beijando, bebendo, comendo, dançando e cantando, como se fosse um candidato com grande vivência de campanhas políticas. Na cidade de Sumidouro, antes do comício, houve um encontro na casa de um empresário local que era também um líder político da região. Roberto contou tantas histórias que um dos presentes chegou a propor o cancelamento do comício para que todos continuassem a ouvir as narrativas de Roberto Campos. Ficaram também impressionados com a recusa de Roberto do uísque que lhe ofereciam, preferindo tomar caipirinhas com cachaça.

Roberto Campos teve uma ótima votação – 33,07% dos votos –, perdendo para Saturnino Braga, candidato da coligação PSB/ PDT/ PT, que ficou com 38,10% dos votos. Essa perda, comenta Dornelles, "foi devida à traição de última hora de um partido coligado, que "de forma inacreditável abraçou a candidatura da juíza Denise Frossard, que ficou com 10,30% dos votos. Parte deles seriam de Roberto Campos, o que teria permitido sua eleição".

Uma reforma política importante, acredita Dornelles, seria separar as datas da eleição de presidente e de governador. As escolhas de governador e deputado estadual, do seu ponto de vista, deveriam ser realizadas junto com a eleição de prefeito e vereador. Pois a eleição de presidente e de governador na mesma data sempre causa enormes dificuldades na administração da campanha.

Ele foi eleito para o quarto mandato como deputado federal com 218.170 votos, sendo o mais votado por seu partido e o segundo entre os postulantes a uma vaga na Câmara dos Deputados pelo estado do Rio de Janeiro. A nova legislatura teria início em fevereiro de 1999. Mas Dornelles deixou o Congresso para assumir o Ministério do Trabalho e Emprego no segundo mandato de Fernando Henrique Cardoso. Sua vaga na Câmara foi ocupada por Alcione Ataíde.

# NO TRABALHO, O GRANDE ACORDO

Fernando Henrique Cardoso foi reeleito presidente da República em 1998, tendo derrotado o candidato do PT, Luiz Inácio Lula da Silva. Com 53% dos votos válidos, tornou-se o primeiro presidente do país reeleito em dois mandatos consecutivos. Devido a problemas econômicos externos e internos, a segunda gestão foi bem mais complicada do que a primeira.

No que diz respeito às questões trabalhistas, o presidente Fernando Henrique preferia a negociação e detestava o conflito. O novo ministro do Trabalho e do Emprego, Francisco Dornelles, apoiava integralmente a postura conciliadora do presidente. Várias ações foram tomadas no Ministério do Trabalho, dentro da linha traçada por FHC, que era a de negociações com representantes dos trabalhadores.

Entre essa ações podem ser citados o acordo do FGTS, que repôs os benefícios que haviam sido atingidos pelos planos Collor e Verão; a instituição do salário mínimo estatual, permitindo que cada estado, de acordo com seu nível de desenvolvimento, pudesse decidir o seu piso salarial, desde que maior que o salário mínimo nacional; e regulamentação da participação dos empregados nos lucros das empresas.

Além disso, foram criados: o Proger Taxista – linha de crédito com juros reduzidos para conversão de taxis para gás natural; o Proger Professor – linha de crédito com juros reduzidos para compra de computadores para os professores; o Condomínio do Empregador, que visava a reduzir o trabalho informal no campo; o Plano Nacional de Qualificação do Trabalhador, por meio do qual foram qualificados 10 milhões de trabalhadores.

Quanto aos saques do FGTS, foram criadas novas regras, como a que permitiu que os trabalhadores com HIV ou em estado terminal de doenças graves pudessem sacar seu Fundo de Garantia e a que autorizou que o trabalhador com mais de 70 anos também tivesse direito ao saque dos recursos, mesmo que continuasse a trabalhar.

Ainda na gestão de Dornelles, foram ratificadas as convenções 138 e 182 da Organização Internacional do Trabalho (OIT), que tratam da erradicação do trabalho infantil e da eliminação do trabalho degradante. Foi proibido o *self-service* nos postos de gasolina, salvando o emprego de 200 mil frentistas, e foi extinta a figura do juiz classista, medida que imprimiu maior eficácia à Justiça do Trabalho, gerando uma economia de aproximadamente 300 milhões de reais anuais para os cofres públicos.

Devido a essas atitudes positivas, no segundo governo de Fernando Henrique, apesar da situação econômica extremamente frágil, só ocorreu um movimento grevista de grande porte, o dos trabalhadores da Ford, que acabou mediante negociação. Coube a Dornelles fazer o acordo. Assim que assumiu a pasta do Trabalho e Emprego, em janeiro de 1999, teve de enfrentar a crise causada pelas demissões da empresa automotiva americana em São Bernardo. Haviam sido atingidos 2.800 trabalhadores, ou 41% do efetivo da empresa. O movimento perderia força com a negociação com Luís Marinho, presidente do Sindicato de Metalúrgicos do ABC. As conversas com Marinho levaram o governo a apresentar um projeto que reduziria o IPI sobre a venda de automóveis, objetivando evitar novas dispensas de parte das montadoras.

Com o projeto tendo sido aprovado por Dornelles, pelo ministro do Desenvolvimento, Celso Lafer, pelo governador de São Paulo, Mario Covas, e pelo presidente FHC, em fevereiro de 1999 foram suspensas as demissões na Ford e firmou-se um acordo com os trabalhadores. Nesse mês, Dornelles licenciou-se do cargo de ministro, para assumir o novo mandado de deputado federal, mas em seguida reassumiu a pasta do Trabalho e Emprego.

Outra crise grave, também resolvida por meio da negociação, foi a greve dos caminhoneiros. Dornelles já era ministro do Trabalho e do Emprego quando houve o movimento dos caminhoneiros, que teve apoio dos empresários do setor e, por sua dimensão, ameaçava parar o país, como aconteceria mais tarde no governo de Michel Temer. Eis o que conta a respeito o ex-ministro de Fernando Henrique Cardoso:

> Setores da administração governamental propunham o uso da força, o que não agradava ao presidente FHC. O líder do movi-

mento, que se chamava Nélio Botelho, fora preso pelo governo Brizola por ter fechado o trânsito na Avenida Brasil. Eu consegui soltá-lo da prisão e, desde então, ele se tornou um bom amigo meu. FHC aceitou receber o Nélio e examinar suas reivindicações, desde que ele se comprometesse a suspender o movimento.

Dornelles continua a narrar:

Um avião foi posto à disposição do líder dos caminhoneiros, que, com isso, após 3 horas de viagem, estaria em Brasília conversando com FHC. A consequência deste encontro é que o movimento foi suspenso. Ninguém nunca soube o teor da conversa do presidente FHC com Nélio. Fato é que teve muito mais sucesso do que teria o uso da força defendido por setores do governo.

Na Câmara de Deputados, ocorreu um incidente, relativo à votação para a presidência da Casa, que quase resultou na demissão de Dornelles do Ministério. O que aconteceu foi o seguinte, de acordo com o influente político, três vezes ministro:

Em meus tempos como ministro do Trabalho foi realizada a eleição para presidência da Câmara. Não houve acordo entre os partidos e o deputado Aécio Neves lançou sua candidatura. FHC era procurado por todos os candidatos e dizia a todos: "Como presidente não posso interferir na eleição, mas torço muito por você". O resultado desta postura de FHC é que todos os candidatos de todos os partidos se consideravam candidatos do presidente. Adivinhando o pensamento de Fernando Henrique, levei o PP a apoiar o Aécio, que foi eleito, vencendo o candidato do PFL.

Passada a eleição, no entanto, o comando do PFL foi ao presidente da República pedindo o afastamento de Dornelles do Ministério do Trabalho e Emprego, sob o fundamento de que ele havia traído Fernando Henrique, por não ter apoiado o candidato do PFL, que era o verdadeiro candidato do presidente. FHC concordou com PFL e prometeu a demissão do ministro rebelde. "Mas felizmente Fernando Henrique Cardoso se esqueceu de me demitir e o PFL também não insistiu muito no pedido e acabou por apoiar minha gestão no ministério", conta o ex-ministro.

Foram várias as medidas adotadas por Dornelles para combater o desemprego, que havia atingido em janeiro de 1999 a taxa de 7,73%, a mais alta desde 1983. Em março, ele anunciou a criação de um programa de investimentos de 9 bilhões de reais, destinado às áreas social e de infraestrutura. Em maio, o governo concedeu um reajuste de 4,6% ao salário mínimo. O aumento só não pode ser maior, explicou na ocasião o ministro do Trabalho e do Emprego, porque provocaria mais desemprego.

Em novembro, ele apresentou proposta de promover alterações no sistema de proteção social ao desempregado, de modo que o seguro-desemprego passasse a ser financiado por recursos do FGTS. Com isso, seriam liberados recursos do PIS e do Pasep para investimentos em políticas de ampliação de emprego.

Em dezembro de 1999, Fernando Henrique baixou medida provisória estendendo ao trabalhador doméstico o seguro-desemprego, em caso de demissão sem justa causa.

Para isso, os patrões teriam de pagar, espontaneamente, a contribuição de 8% sobre o salário de suas domésticas ao Fundo de Garantia por Tempo de Serviço. Dornelles, por sua vez, proclamou sua intenção de dar início a regulamentação da negociação coletiva de trabalho, o que equivalia a modificar na prática a CLT.

Foram muito importantes também a legislação que estimulava as empresas a contratar pessoas portadoras de deficiência, promovendo a qualificação profissional e colocação no mercado do trabalho, e a Lei da Aprendizagem, que reduziu a contribuição de FGTS de 8% para 2% para empresas que contratassem menores na faixa de 14 a 18 anos, na condição de aprendiz.

Em janeiro de 2000, foram aprovadas duas medidas extremamente relevantes: a instituição da conciliação prévia e a introdução do rito sumaríssimo nos processos trabalhistas. A comissão de conciliação, composta por representantes dos empregados e patrões, visava a buscar o consenso em torno de conflitos trabalhistas fora do âmbito judicial. O rito sumaríssimo seria empregado em ações trabalhistas envolvendo até 40 salários mínimos.

Em setembro de 2000 Fernando Henrique anunciou sua intenção de estender a todos os trabalhadores brasileiros a decisão do Supremo Tribunal Federal (STF) que determinava a correção das contas do Fundo de Garantia do Tempo de Serviço (FGTS) com base em índices inflacionários para cobrir as perdas dos Planos Verão e Collor. A ação que originou a decisão do STF foi movida pelo Sindicato de Metalúrgicos de Caxias do Sul.

O que aconteceu foi o seguinte: em agosto de 2000, oito dos 11 ministros do Supremo Tribunal Federal (STF), incluindo o presidente Carlos Velloso, haviam concedido a correção dos saldos das contas do FGTS, referentes às perdas provocadas pelos planos Verão (janeiro de 1989) e Collor (abril de 1990), para trinta trabalhadores gaúchos. Por decisão de FHC, Dornelles ficou encarregado das negociações com as centrais sindicais e os empresários, a fim de definir as bases daquilo que seria chamado de "o maior acordo do mundo", pois beneficiaria 30 milhões de trabalhadores.

Para viabilizar a medida, o pagamento da dívida seria dividido entre empresários, governo e trabalhadores, que teriam de aceitar um deságio de 10% a 15%, sobre o montante a ser recebido. A adesão dos trabalhadores teve início em novembro. Os que quisessem o valor total das perdas poderiam optar por manter as ações na Justiça.

O acordo teve o apoio das centrais sindicais – Força Sindical, Social Democracia, CGT – e das confederações patronais – CMI, CMC e CMA. A Central Única de Trabalhadores (CUT), que se recusou a negociar o acordo, quando sentiu que ele tinha o apoio da maioria dos trabalhadores brasileiros, procurou voltar atrás, querendo assiná-lo, o que não foi aceito pelas centrais sindicais que haviam desde o início participado da negociação.

Nas eleições para prefeito no Rio, em outubro de 2000, o PPB lançou Gilberto Ramos, derrotado no primeiro turno, e apoiou no segundo turno César Maia, vencedor do pleito contra Luís Paulo Conde.

O primeiro turno se realizou em 1º de outubro. Como nenhum candidato recebeu a maioria dos votos para ser eleito em primeiro turno, os dois primeiros colocados, o então prefeito em exercício Luiz Paulo Conde, candidato do PFL, e o ex-prefeito carioca César Maia, candidato pelo PTB, avançaram para o segundo turno. Em 29 de outubro, Maia venceu a disputa, tendo sido eleito com 51,06% dos votos válidos (1.610.176 votos), contra 48,95% de Conde.

A chapa vencedora tomou posse na prefeitura do Rio em 1º de janeiro de 2001 para um mandato de quatro anos. Maia seria prefeito do Rio pela segunda vez – antes, exercera o cargo entre 1993 e 1996.

# LEGISLATURA DE 2003 A 2006

Em 3 de abril de 2002, Dornelles deixaria o Ministério do Trabalho para poder se candidatar novamente à Câmara de Deputados. Durante a campanha eleitoral, ele defendeu a manutenção da aliança de seu partido com o PSDB, no pleito presidencial.

Em outubro de 2002, foi eleito para o quinto mandato na Câmara dos Deputados. No Rio de Janeiro, o PPB apoiou a candidatura de Rosinha Garotinho, eleita no primeiro turno. Lula venceu a eleição para a presidência do país, apoiado por uma coligação PT, PL, PCdoB, PMN (Partido da Mobilização Nacional) e PCB. No segundo turno, ficou com 61,27% dos votos válidos, tendo derrotado José Serra, que teve 38,72%.

Em janeiro de 2003, Francisco Dornelles tomou posse como deputado federal para seu quinto mandato. Em abril de 2003, o PPB alterou sua denominação para Partido Progressista, passando a usar a sigla PP. Na Câmara, Dornelles foi titular nas comissões de Minas e Energia, de Relações Exteriores e de Defesa Nacional.

Foi também presidente da comissão especial que analisou as tarifas da telefonia fixa e membro das comissões especiais da Reforma Tributária e da Reforma Trabalhista. Integrou as comissões mistas do Congresso que examinaram a medida provisória alterando: a legislação tributária federal, convertida em lei 11.119; o Regime Especial de Tributação para a Plataforma de Exportação dos Serviços de Tecnologia de Informação, a proposta de instituição de normas da administração da Secretaria da Receita Federal, e a comissão mista de orçamento.

Vice-presidente do PP em 2003 e também em 2006, Dornelles foi contra a criação do Imposto sobre Grandes Fortunas, por entender que essas deveriam ser tributadas pelo IR e pelo Imposto sobre o Patrimônio. Criticou a transformação da CPMF em tributo permanente e a cobrança do IPVA sobre veículos aéreos e aquáticos. Defendeu, no entanto, a manutenção do repasse de 25% do ICMS aos municípios.

Em maio de 2003, apoiou a proposta de que a bancada do Rio apresentasse uma emenda ao projeto de Reforma Tributária, determinando que o ICMS sobre o petróleo, o gás natural e energia elétrica passasse a ser cobrado no estado de sua produção, e não onde se desse o consumo. Maior produtor de petróleo do país, o Rio sofria grandes perdas com a tributação no destino.

Em 2004 e 2005, presidiu a comissão mista que analisou a medida provisória que reajustava em 10% a tabela de IR para a pessoa física, aumentando a carga tributária de prestadores de serviços e produtores rurais.

Ao longo do primeiro mandato de Lula na presidência da República, Dornelles criticou a condução da política monetária do governo, sobretudo os juros altos. Ao fazer em determinado dia um pronunciamento contra a alta dos juros na Comissão de Finanças da Câmara, foi aparteado por um deputado lulista, que observou maldosamente:

> Essa política que vossa excelência critica é exatamente a mesma que procurava implementar quando ministro da Fazenda de José Sarney. Vossa excelência poderia explicar por que mudou de posição?

Dornelles respondeu:

> Se até os ventos que não raciocinam mudam de direção, por que uma pessoa que pensa, que trabalha, que lê, que raciocina, não pode mudar o seu posicionamento?

Em março de 2005, disse ser incoerente o incentivo à ampliação do consumo por meio de empréstimos com desconto em folha, aliado ao arrocho fiscal, obtido pela elevação sistemática da taxa básica de juros, a taxa Selic (Sistema Especial de Liquidação e Custódia do Mercado Financeiro de Títulos Públicos) do Banco Central.

Sempre preocupado com o cinema nacional, em julho de 2006, Dornelles conseguiu que o presidente Lula aprovasse proposta prorrogando até 2010 o artigo da Lei do Audiovisual, que concedia dedução de imposto para pessoas físicas e jurídicas que investissem na produção cinematográfica independente do país.

Como deputado federal, Dornelles fez 276 pronunciamentos no plenário da Câmara, abordando assuntos coerentes com sua linha de ação traçada no início de sua caminhada política. Entre eles, pode ser destacado aquele no qual condenou os que diziam que o holocausto não existiu. Eis um trecho do discurso:

> Dar ouvidos aos que negam a existência do holocausto é escolher não ouvir os gritos de milhões de pessoas deixadas para morrer de fome nos guetos. Não ouvir o grito de terror das pessoas espremidas nos vagões de trem fechadas diante dias sem água, sem comida, onde os mortos permaneciam de pé entre os vivos, apenas para chegarem aos campos de concentração e extermínio e serem assassinadas e cremadas quase que de imediato.
> Dar ouvidos aos que negam o holocausto é não ouvir os gritos das mães separadas dos filhos nos campos da morte. Das mulheres obrigadas a caminhar desnudas na neve para câmeras de gás, das crianças submetidas aos mais bárbaros experimentos médicos. É se recusar a ouvir o refrão estampado nos portões dos campos de concentração, "A única saída daqui é pela chaminé".

Na ocasião, remarcou que uma resolução da ONU estabelecera, em 1º de novembro de 2005, que o dia 27 de janeiro deveria ser considerado o "Dia mundial de lembrança do Holocausto", para que todos os países se lembrassem, para que todas as pessoas se lembrassem e para que nenhuma delas pudesse negar que o holocausto tivesse existido. E propôs: "Em 27 de janeiro vamos manter acesa a vela da lembrança dos que foram levados pelo turbilhão do fascismo e do preconceito".

Como deputado, sempre acompanhou a situação das Forças Armadas Brasileiras, também fez pronunciamentos sobre a necessidade de reaparelhamento da Força Área e sobre o orçamento da Marinha. Em relação ao orçamento da Marinha, acentuou:

> A atual degradação da Marinha atingiu níveis considerados críticos. Se nada for feito a partir de 2006, em menos de 20 anos a esquadra brasileira poderá se extinguir, criando uma constrangedora vulnerabilidade estratégica, sem precedentes na história do país.

Quanto à Força Área, tendo se referido a artigo do presidente Lula sobre a questão, afirmou:

> É preciso condições mínimas para proteger nossas fronteiras e nosso espaço aéreo. O critério básico para estudar as opções existentes tem que ser o do interesse soberano do Brasil. Em especial o que traga benefícios ao povo, gerando empregos e aprimoramento científico e tecnológico. Em vez de gastar os US$ 700 milhões na mera importação de caças para substituir os Mirages da Força Aérea, o governo deveria usar esse capital para estimular os detentores da tecnologia dos caças a compartilhá-la com o Brasil.

Outro aspecto que o preocupava era a situação da Marinha Mercante do Brasil. Eis fragmento do discurso na Câmara:

> A situação da Marinha Mercante brasileira é realmente preocupante. Nos anos 1970, navios de registro brasileiro respondiam por 22% dos fretes gerados no comércio exterior do Brasil. Hoje, esse número é da ordem de 2% considerando apenas as empresas de navegação privada, e se incluindo a Petrobrás não supera os 4%. Outro dado alarmante é o de que, entre 1989 e 1998, a frota mercante mundial cresceu 27%, enquanto a brasileira diminuiu cerca de 20%. A utilização de navios estrangeiros para

transportar nosso comércio exterior representa um sangramento periódico das reservas em moeda forte do país. Não se trata de pouca coisa: o transporte de nossas exportações e importações gera fretes da ordem de US$ 5 bilhões, um verdadeiro peso para a nossa balança de serviços.

## MANDATO AO SENADO

Em outubro de 2006, Dornelles candidatou-se ao Senado pelo Rio de Janeiro na legenda do PP. Foi eleito para um mandato de oito anos com 3 milhões 373 mil votos, o que representou 45,86% dos votos válidos. Em segundo lugar, ficou Jandira Feghali, com 2 milhões 761 mil votos, ou 37,54%. Tomou posse em 1º de fevereiro de 2007, um mês após o início do segundo mandato de Lula. Em setembro do mesmo ano, foi eleito presidente do PP.

Também participavam da bancada fluminense na Câmara alta Sérgio Cabral (PMDB) e Marcelo Crivella (PRB), que tinham ainda quatro anos de mandato. Cabral, no entanto, já anunciara que deixaria a vaga no Senado caso fosse eleito governador do Rio. Ele ainda disputaria o segundo turno com Denise Frossard (PPS). O suplente de Cabral, que ocuparia o seu lugar no Senado, seria Paulo Duque, já que Regis Fitchner assumira a chefia da Casa Civil do Estado.

Dornelles afirma que teve de conduzir o trabalho como senador com grande habilidade para não dificultar o relacionamento do governo federal com o estado do Rio de Janeiro:

Recebíamos muitos recursos federais. Mas a minha maior batalha no Senado foi a oposição que fiz à legislação que trocou o sistema de concessão na área de exploração de petróleo, um sistema aberto que vinha dando ótimos resultados, pelo regime de partilha.

Segundo explicou, no caso do sistema de concessão é feito um leilão. A empresa que o ganhasse explorava as jazidas e pagava *royalties* ao governo federal. Já no de partilha, o estado também participava da exploração.

Para o Rio de Janeiro, na visão de Francisco Dornelles, era bem melhor o sistema de leilão, pois a empresa vencedora pagava contribuição e *royalties* à União, estados e municípios, enquanto que no sistema de partilha não havia este pagamento. A empresa vencedora do leilão apenas entregava parte do petróleo ao governo federal, que cuidaria da comercialização.

A briga no Senado foi acirrada. No entanto, o resultado não foi bom para o Rio de Janeiro:

> Eu e os senadores Lindbergh Farias, Marcelo Crivella, Ricardo Ferraço e Renato Casagrande (atual governador do Espírito Santo) fizemos uma grande oposição à mudança proposta pelo governo. Enfim, desenvolvemos uma grande luta no Senado, mas não tivemos força para impedir que se consumasse essa violência. Hoje está provado que a alteração do sistema foi extremamente nociva para o país e para o desenvolvimento da indústria petrolífera nacional.

Francisco Dornelles foi presidente da Comissão Especial de Reforma Política do Senado. Um dos principais pontos aprovados pela comissão foi à redução no número de senadores por estado de três para dois, além do impedimento de que o suplente de senador viesse a ocupar o mandato de forma definitiva. Ou seja, o suplente poderia substituir o senador quando este tivesse de se afastar do Senado, mas não poderia sucedê-lo caso o afastamento fosse definitivo.

A Comissão aprovou também o financiamento público exclusivo das campanhas eleitorais, o fim da coligação nas eleições proporcionais e a mudança da data de posse dos chefes do Poder Executivo. Além disso, rejeitou a adoção do voto majoritário nas eleições de deputados, a adoção do voto facultativo e a candidatura avulsa para cargos executivos. O texto da reforma foi entregue ao presidente do Senado, José Sarney, mas não foi levado ao plenário.

Segundo Dornelles, a reforma política, principalmente a eleitoral, é a mais importante e ao mesmo tempo a mais difícil de ser feita, "principalmente em decorrência das distorções existentes na legislação eleitoral brasileira, que faz com que uma minoria dos eleitores tenha representação maior do que a maioria".

Ele é de opinião de que o voto proporcional deveria acabar. E explica o motivo:

> Vota-se num deputado que se conhece e se elege outros desconhecidos. O melhor seria o voto distrital. O estado seria dividido em distritos. Cada distrito teria um deputado, como ocorre na Inglaterra e nos Estados Unidos.

Por que razão a mudança não é feita? Muitos interesses em jogo? Dornelles responde a essa indagação da seguinte forma:

Isso é normal, cada partido, cada estado tem seus interesses. E procurar defender esses interesses. O problema é que o Norte, o Nordeste e o Centro Oeste acabam que ficam com a maioria na Câmara e no Senado, mesmo tendo muito menos eleitores do que o Sul e o Sudeste.

Durante a legislatura, ele foi também membro titular das Comissões de Assuntos Econômicos; de Constituição e Justiça; de Relações Exteriores e Defesa Nacional. Presidiu a Comissão de Acompanhamento da Crise Financeira e da Empregabilidade e integrou a Comissão Mista de Planos, Orçamentos Públicos e Fiscalização.

Entre fevereiro de 2007 e dezembro de 2010, exerceu a liderança de seu partido no Senado Federal. Acompanhando a orientação do PP, assumiu a vice-liderança do bloco de apoio ao governo entre 2007 e 2009.

Dornelles teve atuação de destaque no Senado na discussão da Reforma Tributária. Em março de 2008, na qualidade de relator da Subcomissão da Reforma Tributária, propôs a criação de um imposto único denominado Imposto sobre Valor Agregado (IVA), com competência legislativa exclusiva da União, fiscalização pelos estados e arrecadação nacional, compartilhada entre a União e os estados. Haveria desoneração das exportações e dos investimentos produtivos. As alíquotas seletivas seriam fixadas em lei complementar. Apenas o ISS cobrado pelos municípios continuaria existindo.

Sempre preocupado com a questão do petróleo, combateu a proposta de criação de uma estatal para gerir os contratos de exploração de petróleo na camada pré-sal e defendeu a ampliação da participação dos estados produtores nos *royalties* arrecadados com a exploração do óleo combustível.

Em junho de 2008, o senador pelo Rio de Janeiro representou o Senado Federal na 97ª Reunião da Conferência Internacional do Trabalho da Organização Internacional do Trabalho (OIT), em Genebra, Suíça.

Em outubro, nas eleições para prefeito no Rio, apoiou a candidatura de Eduardo Paes (PMDB). Paes derrotou Fernando Gabeira (PV), mas a vitória não foi nada fácil. Ele obteve 50,83% dos votos válidos, contra 49,17% do rival.

Em 2009, Dornelles assumiu a quarta vice-liderança do bloco da maioria no Senado. Em maio, recebeu o prêmio "Mérito Legislador 2008", pelo projeto que criou o Conselho de Defesa Comercial. Esse conselho permitia que o governo tomasse medidas rápidas contra produtos subsidiados que chegavam ao país, além de estabelecer procedimentos para investigações sobre práticas desleais de comércio exterior.

Foi a favor do ingresso da Venezuela no Mercosul, mas, devido ao rompimento da ordem democrática nesse país, a participação da República Bolivariana da Venezuela no bloco se encontra em suspenso desde 10 de abril de 2017. Os países-membros efetivos permanecem sendo Brasil, Uruguai, Paraguai, Argentina. Já os membros associados são a Bolívia, o Chile, o Equador, o Panamá, o México, a Colômbia, o Peru e Cuba.

No começo de 2010, criticou o 3º Programa Nacional de Direitos Humanos, sobretudo a criação da chamada

Comissão Nacional da Verdade, que apuraria violações de direitos humanos ocorridas no Brasil entre os anos 1946 e 1988, período que incluiria o regime militar. Dornelles temia que as investigações servissem para remoer fantasmas do passado, gerar insegurança e instabilidade, reavivar fissuras ideológicas e alimentar o revanchismo. Em novembro do mesmo ano, participou dos trabalhos da 65ª sessão da Assembleia Geral das Nações Unidas (ONU), em Nova York, na qualidade de observador parlamentar.

Em fevereiro de 2011 foi reconduzido à liderança do PP no Senado e, em abril, durante convenção, foi eleito por unanimidade para um mandato de mais dois anos à frente de seu partido.

Mantendo sua posição sobre a questão do petróleo, em outubro de 2011 contestou o projeto de lei que versava sobre a distribuição dos *royalties* e participação de estados não produtores. Em discurso realizado no Senado, pediu uma reflexão sobre aspectos jurídicos relacionados ao equilíbrio federativo no país, relativo à votação de projetos que tratavam da destinação dos *royalties* do petróleo. Para Dornelles, a supressão da compensação aos estados onde se localizam as reservas violava cláusula pétrea da Constituição.

Em dezembro de 2011, elogiou as autoridades econômicas do governo pelas medidas tomadas para enfrentar a crise mundial, que atingira sobretudo a Zona do Euro. Destacou a importância do programa Reintegra, que incentivava empresários com créditos correspondentes a 3% de suas exportações de manufaturados. Além disso, reduzia a zero o IOF sobre investimentos estrangeiros no país em ações, capital de risco e recibos de ações de empresas brasileiras negociadas no exterior. Ainda em dezembro, foi homenageado na Câmara de Deputados com a Medalha de Mérito Legislativo.

Na edição de 28 de dezembro, foi considerado pela revista *Veja* "O primeiro entre os senadores", consagração que deixou Dornelles muito feliz. O segundo lugar ficou com a senadora Ana Amélia, também do PP (RS), e o terceiro, com Waldemir Moka, do PMDB (MS). O *ranking* de parlamentares foi feito pela própria publicação com a colaboração do Núcleo de Estudos sobre o Congresso (Necon) e do Instituto de Estudos Sociais e Políticos da Universidade do Estado do Rio de Janeiro (Uerj). E levou em consideração os pronunciamentos e os votos em relação a questões vitais em tramitação no Legislativo, em favor de um Brasil mais moderno e competitivo.

A revista reproduziu com destaque em uma das páginas da matéria um trecho de discurso de Dornelles, o senador mais bem avaliado em 2011:

> Para a educação, a saúde e a segurança pública, são necessários recursos e boa gestão. Em matéria de gestão, é crucial pensar em todas as medidas de desburocratização, de redução do tamanho do estado, que é perdulário. Em termos de recursos, é vital que eles sejam obtidos de maneira lógica, impedindo que a União crie incidências distorcidas. Além disso, nunca podemos perder de vista a importância que o setor privado tem nas áreas de saúde e educação.

Essa fala correspondia em alto grau aos principais tópicos nos pronunciamentos que serviram de base para a avaliação, que foram: carga tributária menor e sistema tributário mais simples; infraestrutura; qualidade de gestão pública; combate à corrupção; qualidade da educação, marcos regulatórios estáveis com transparência por agências independentes; diminuição da burocracia e equilíbrio entre os três poderes.

Em março de 2012, o senador do PP criticou a resistência do governo brasileiro às exigências da Fifa para a realização da Copa em 2014 e o atraso nas obras de infraestrutura visando ao evento. Em novembro de 2012, combateu mais uma vez duramente a nova divisão dos *royalties* do petróleo definida pela Câmara dos Deputados. Segundo ele, a aprovação da lei 2565/12 geraria um grande baque na economia do Rio de Janeiro, o maior produtor de óleo de gás natural do país.

Em dezembro, apoiou a decisão da presidente Dilma quanto à concessão dos aeroportos do Galeão, no Rio, e Confins, em Minas Gerais, pois o Brasil, explicou, não poderia ter uma taxa de crescimento sustentado sem o aumento dos investimentos privados.

A batalha com relação aos *royalties* do petróleo continuou. Em março de 2013, foi favorável ao veto presidencial à nova lei. E em maio defendeu novamente o regime de concessão como a melhor forma de executar a exploração do petróleo no Brasil.

Em junho de 2013, após as manifestações populares, foi contra a convocação de um plebiscito a fim de implementar uma reforma política no país, pois considerou que seria um golpe e uma medida impraticável. De acordo com Dornelles, a reforma política não era uma questão de plebiscito, mas, sim, questão a ser tratada pela Câmara dos Deputados e pelo Senado, pois o Congresso era soberano.

Em outubro de 2013, mais uma medalha: foi condecorado com a Medalha Ulysses Guimarães do Senado Federal, em homenagem aos 25 anos da promulgação da Constituição.

Em abril de 2014, apoiou a criação de uma CPI para investigar os supostos desvios de recursos da Petrobras. A investigação deveria apurar o processo de aquisição da refinaria de Pasadena no Texas e indícios de pagamentos de propinas a funcionários da estatal e de superfaturamento na construção de refinarias.

No Senado, além de assuntos relacionados com petróleo, sua grande batalha, Dornelles fez um total de 197 pronunciamentos, defendendo sempre a política de descentralização administrativa, a privatização das atividades empresariais, o fortalecimento dos estados e municípios e a defesa da indústria nacional.

# GOVERNANÇA DE
# UM ESTADO FALIDO

Em meados de 2014, Francisco Dornelles aderiu à candidatura de Luís Fernando de Sousa, o Pezão (PMDB), para a reeleição como governador no Rio de Janeiro. O pleito eleitoral ocorreria em outubro de 2014. Dornelles foi candidato a vice, em substituição ao deputado pedetista Felipe Peixoto. A chapa de Dornelles e Pezão terminou o primeiro turno em primeiro lugar, com mais de 40% dos votos válidos.

No segundo turno, Pezão ficou com 55% dos votos contra os 44% de Marcelo Crivella, do Partido Republicano Brasileiro (PRB). Tanto Pezão, reeleito governador do Rio, quanto Dornelles, vice-governador pela primeira vez, foram diplomados no dia 15 de dezembro de 2014, quando prestaram o juramento de posse em seus cargos públicos. No dia 1º de janeiro de 2015, eles tomaram posse na Assembleia Legislativa do Rio (Alerj). Em seguida, Pezão foi para o Palácio da Guanabara, em Laranjeiras, tendo anunciado que as áreas de saúde, segurança, educação e transporte seriam prioritárias nos investimentos de seu governo. E observou:

A missão que estou assumindo não é fácil, mas é enobrecedora. Quero manter as muitas conquistas que fizemos nestes últimos anos e também ampliá-las. Vamos trabalhar muito e isso se estende aos secretários. Quero que eles se dediquem, assim como eu, a cada cidade fluminense.

O tempo revelaria, porém, que Dornelles assumira uma grande responsabilidade ao aceitar ser o vice do ex-governador Pezão. Dornelles teve que assumir a governança do Rio interinamente por três vezes, sendo que na terceira ficou no posto até passar o cargo para Wilson Witzel, eleito em 2018 pelo Partido Social Cristão (PSC).

Ele conta como aconteceu o convite para participar da chapa de Pezão, o que viria a lhe trazer futuramente tantas atribulações:

> Um ano antes de terminar meu mandato de senador (PP), em 2013, eu comuniquei ao Sérgio Cabral, governador do Rio, que não disputaria mais a eleição. Havia decidido encerrar minha carreira política como senador. O PP no Rio era aliado, fazia coligação com o PMDB, e era importante para o governador que tivesse conhecimento desta minha decisão a fim de que pudesse coordenar a chapa majoritária para governador e senador. Disse ainda ao Sérgio que ele deveria ser o candidato ao Senado. Seria uma eleição que ele ganharia facilmente.

Dornelles continua a narrar:

> Estava em São João del-Rei, quatro ou três dias antes da convenção dos partidos coligados aqui no Rio, quando o Sérgio me ligou e me perguntou: "Você realmente não quer disputar ao Senado, a decisão é definitiva?". Diante de minha resposta afirmativa, ele me perguntou: "Eu posso dispor desta vaga do Se-

nado?". Afirmei que sim. Ele, então, me contou que ia oferecer a vaga ao Cesar Maia. Eu disse a ele: "Vamos apoiar o Cesar".

Dornelles já se considerava fora da disputa eleitoral, quando, no dia da convenção do PMDB e do PP e demais partidos coligados, recebeu uma ligação de Jorge Picciani, ex-presidente da Assembleia Legislativa do Rio de Janeiro e, na ocasião, presidente do PMDB-RJ. Tendo o Sergio Cabral ao lado, Picciani disse: "Está havendo um impasse na convenção e o único jeito de resolvê-lo é colocar seu nome como candidato a vice-governador". Sergio e Pezão também vieram ao telefone falando a mesma coisa, ou seja, reforçando a posição de Picciani.

"E foi assim que eu fui colocado na chapa como vice-governador do Pezão, sem sequer ter comparecido à convenção do partido", conclui Dornelles.

Eleito vice-governador, como já foi dito, Dornelles, a partir de 2016, substituiu Pezão três vezes na governança do estado: de 28 de março a 31 de outubro de 2016; de 18 de julho a 23 de julho de 2017 e de 29 de novembro a 1º de janeiro de 2019.

Logo no início de sua nova gestão, o governador e o vice-governador do Rio de Janeiro enfrentaram problemas financeiros graves.

O orçamento para 2015 fora feito com base num prognóstico de preço de petróleo, que previa arrecadação de *royalties* de petróleo muito elevada e uma taxa muito favorável de crescimento econômico. O preço do petróleo, porém, despencou, e a recessão reduziu enormemente a receita de ICM. Como parte das despesas era baseada na proposta orçamentária, e não na receita arrecadada, houve de imediato obstáculos financeiros praticamente intransponíveis. Foram vários os meses em que não havia recursos na caixa do estado para pagar a folha de pessoal.

Não havia dinheiro também para o estado arcar com os juros dos empréstimos contraídos principalmente junto a organismo internacionais, o que fazia com que o governo federal bloqueasse parte da receita dos impostos estaduais. Em decorrência do atraso no pagamento de pessoal, havia uma inquietação muito grande nas polícias civil e militar e na categoria dos professores, além de verdadeira calamidade na área da saúde.

Foi a duras penas que Pezão conseguiu negociar um regime de recuperação fiscal em que o estado se comprometia com algumas reformas, inclusive a privatização da Cedae, e, em troca, a União deixaria de bloquear recursos e aliviaria o pagamento dos juros. Com essas negociações, acordou-se uma intervenção na área de segurança, que ficaria sob a responsabilidade do general Braga Netto. Essa intervenção durou até 31 de dezembro de 1916.

Dornelles descreve o que fez em seus primeiros períodos como governador interino:

> Decretei o estado de calamidade financeira do Rio de Janeiro, o que permitiu a aprovação de uma operação de crédito especial de 2,9 bilhões de reais visando à realização das Olimpíadas. O presidente Michel Temer foi da maior compreensão com o Rio. Com esses recursos foi possível resolver a crise policial no Rio e fazer com que o Metrô chegasse até as instalações olímpicas

na Barra da Tijuca. Foi graças ao regime de recuperação fiscal negociado entre Pezão e Temer que as finanças do estado do Rio deixaram de ser um caso de calamidade pública.

A contenção de despesas foi extremamente rígida:

Para se dar um exemplo, havia economia por todos os lados. Certa vez uma importante autoridade do Judiciário veio almoçar conosco no Palácio Guanabara. Os pratos já vinham prontos. No almoço, o convidado disse ao governador Pezão que ia quebrar o protocolo e pedir um repeteco, pois o picadinho estava extremamente gostoso. Pezão explicou que lamentavelmente não era possível, pois só havia um prato para cada um.

Dornelles tentou, por outro lado, ao assumir a governança, fazer um pacote de reformas ou plano de estabilização:

Quando assumi a governança do Rio, eu quis fazer um pacote de reformas que incluía vários projetos. Para isso, contei com a assessoria de José Roberto Afonso, economista do BNDES. Eu sabia que sem o apoio do presidente da Assembleia, Jorge Picciani, o plano não teria vida longa. Cada projeto que eu preparava, em seguida eu tinha uma reunião com ele, mostrava o pacote, os decretos. A última vez ele disse: "Dornelles, estou de acordo com tudo. Pode mandar para a Assembleia que nós vamos aprovar". E eu mandei o pacote para a Assembleia.

Só que Picciani mudou de posição à última hora, impedindo que o projeto fosse aprovado na Alerj:

Picciani se reuniu com um deputado, que era secretário da Assembleia, e os dois recusaram todas as minhas propostas. Criticaram o projeto por inteiro, dizendo que era horrível. Enfim, rejeitaram tudo, tudo, tudo. E se recusaram a pôr o meu plano em votação. Afirmaram que ele estava mal redigido, malfeito. Foi realmente uma decepção. Até hoje não consigo entender o que levou Picciani a recusar a proposta que havia sido elaborada juntamente com ele.

Eis, de acordo com *O Globo* de 4 de novembro de 2016, as linhas mestras do pacote de medidas que visava a equilibrar as contas públicas, concebido por Dornelles e José Roberto, anunciado em entrevista coletiva no Palácio da Guanabara no fim do ano de 2016, quando o governador Pezão estava no exercício de suas funções:

- Reajuste do Bilhete Único de R$ 6,50 para R$ 7,50 (15%), a partir de janeiro de 2017.
- Projeto de lei propondo aumento da alíquota previdenciária dos servidores de 11% para 14%.
- Aposentados e pensionistas que recebiam menos que R$ 5.189,82 e estavam isentos de desconto previdenciário passariam a contribuir para a Previdência.
- Redução no número de secretarias estaduais.
- As despesas com pessoal não poderiam ultrapassar 70% da receita corrente líquida.
- 50% de alguns fundos, como os da Alerj, Defensoria e Tribunal de Justiça, poderiam ser usados para pagar salários.
- Gratificações dos cargos comissionados seriam reduzidas em 30%.
- O programa Aluguel Social para desabrigados deixaria de ser pago em junho de 2017. Fim do

programa Renda Melhor para famílias atendidas pela Bolsa Família.
– Projeto de lei aumentaria o ICMS para setores como os de cerveja e chope, refrigerante, fumo, energia residencial acima de 200 kw, gasolina, refrigerante e telecomunicações.
– Fim da gratuidade das tarifas das barcas para moradores da Ilha Grande e de Paquetá.
– Concessão de reajustes salariais passaria a ser condicionada ao crescimento da receita; a política de reajustes seria alterada pela proposta de limitar o percentual concedido a 70% do crescimento da Receita Corrente Líquida (RCL) do ano anterior.
– Adiamento para 2020 dos reajustes salariais já aprovados e que seriam concedidos em 2016 ou em 2017.
– Os vencimentos do governador, vice, dos secretários, presidentes e vices de autarquias seriam cortados em 30% por decreto.

Participaram da coletiva no Palácio da Guanabara Pezão, Dornelles e os secretários de Fazenda, Gustavo Barbosa, e de Planejamento, Francisco Caldas. De acordo com o governo do estado do Rio de Janeiro, se as medidas não fossem implementadas, a previsão era de um déficit de R$ 52 bilhões até dezembro de 2018. Segundo os números do governo, as contas públicas registrariam déficit de R$ 17,5 bilhões até dezembro. De todo esse valor, R$ 12 bilhões vinham do sistema previdenciário.

Ainda de acordo com o governo estadual, o impacto total das medidas seria de uma economia de R$ 13,3 bilhões em 2017 e de R$ 14,6 bilhões em 2018.

"São medidas que estamos tomando para não demitir funcionários e respeitar a lei de responsabilidade fiscal", explicou o governador Pezão, tendo observado que com elas o estado teria condições de atravessar a turbulência, enfrentar a redução na entrada de receitas. "Mesmo com a queda da receita do petróleo, essas propostas indicam que o governo tem um caminho possível para contornar a crise", disse Pezão.

Francisco Dornelles não usou meias palavras para expressar que a situação no estado era grave e que exigia medidas extremas. "Se o Rio fosse uma pessoa física, estaria em recuperação judicial ou em falência", afirmou.

Seis decretos já haviam sido baixados. A mudança nas secretarias, por exemplo, foi feita por decreto. A maioria das medidas, no entanto, teria que ser aprovada pela Alerj, o que não ocorreu. De certa forma, o "tranco" seria muito grande, afetando o dia a dia de milhares de pessoas, futuros eleitores. Diante das restrições nada populares, houve muita manifestação na porta da Alerj logo após o anúncio do pacote. Dornelles mais uma vez se comportava como o "Leão da Receita", um tecnocrata durão, mas ele considerava na ocasião que a austeridade fiscal era o único jeito de acabar com a crise financeira do estado e evitar o aprofundamento do déficit nos anos vindouros.

"O remédio é amargo", admitiu ele à revista *Veja* em novembro de 2016, "mas necessário. Fizemos esse pacote com tristeza, mas é o caminho para curar o Estado".

Se as medidas anunciadas fossem aprovadas e implementadas, a previsão era a de que o Rio de Janeiro deixaria de registrar déficit entre 2022 e 2023, segundo o secretário de Fazenda, Gustavo Barbosa. "Entre 2022 e 2023, acontecerá o equilíbrio fiscal, dando mais previsibilidade ao Estado para anos seguintes", disse Barbosa.

Sem a aprovação do pacote impopular, já que não tivera o apoio da Alerj, o jeito foi apelar para o presidente Michael Temer, a quem Dornelles é agradecido até hoje por ter viabilizado a realização das Olimpíadas em 2016 e salvado o Rio da falência com a ajuda emergencial de R$ 2,9 bilhões.

Sobre a ex-presidente Dilma Rousseff, Dornelles explica que não pode participar da votação do *impeachment* em 2016 porque já era, na ocasião, governador em exercício do Rio de Janeiro. Embora tenha se manifestado na época de que não havia base constitucional para que fosse feito.

# UM HOMEM DE CORAGEM

Em toda a sua vida pública, Francisco Dornelles diz que as personagens políticas que mais o influenciaram foram Tancredo Neves, Golbery, Delfim Netto, Mario Henrique Simonsen, Ernane Galvêas e Fernando Henrique Cardoso.

Aos 86 anos, o ex-governador e presidente de honra do Partido Progressista (PP) mora com sua esposa, Cecilia, e a filha Mariana num apartamento muito amplo no Jardim Botânico, decorado com bom gosto e conforto, mas sem pompa ou excesso de luxo.

Sempre se mantendo atualizado a respeito da política e da economia do país, Francisco Dornelles, ex-jogador de basquete e ex-vice-campeão de natação pelo Tijuca Tênis Clube, também tem grande interesse pelos esportes. A filha Luciana costuma ligar para o pai para repassar o resultado de jogos, quando ele não está podendo acompanhá-los pela televisão.

Ideologicamente, Dornelles é um homem intrinsicamente liberal. Seja no tocante à politica, seja no que diz respeito à economia. Consequentemente, de modo geral, é a favor das privatizações, mas com exceções. A primeira delas é a área nuclear, por ser matéria constitucional. É contra também a privatização da Petrobras, do Banco do Brasil e da Caixa Econômica. No caso da Petrobras, defende o sistema de concessão, mas "privatizar de forma alguma". Já o Banco do Brasil, argumenta, "é um importante instrumento de política de comércio exterior, de esporte, de turismo e de cultura".

Em sua lista de exceções, também se inclui a Cedae:

Não se pode entregar o monopólio da água para uma empresa privada. A água é da Cedae. Ela é a dona da água. Pode-se apenas dar concessões, fazer acordos. Já imaginou se dessem a água para uma empresa privada? Nem as empresas privadas querem isso. Iam ficar dependendo de um concorrente. O que acabaram de fazer foi inteligente. A empresa que ganhou a licitação leva a água para regiões, como Itaperuna e a Barra da Tijuca, onde o estado não consegue ir. Mas não é dona da água.

Dornelles brinca:

Um professor da faculdade de direito pergunta a um aluno o que é um navio. "Navio é tudo que flutua" diz o aluno. O professor replica: "Mas o pato flutua e pato não é navio". O aluno retifica: "Navio é tudo que flutua exceção do pato!" Minha posição é essa. Sou a favor de privatização com exceções.

E complementa, explicando melhor seu pensamento:

O subsolo é do estado. No caso da Vale do Rio Doce era diferente, porque o minério de ferro não tem importância estratégica. Já petróleo tem importância estratégica. O estado é dono do subsolo, o estado é dono do céu que está acima de seu território e das milhas marítimas na costa.

O presidente de honra do PP é a favor do voto distrital e facultativo, no que se refere à reforma política, e continua sendo rígido no que diz respeito ao controle fiscal, assim como o foi na Secretária da Receita Federal e nos poucos meses em que exerceu o cargo de Ministro da Fazenda. Não tão rígido como no passado, entretanto, quando considera que cometeu exageros.

Quando se trata de defender as empresas brasileiras do *dumping* estrangeiro, o liberalismo cai por água abaixo, tanto que foi chamado de neoprotecionista:

> Uma fábrica argentina estava acabando com uma empresa no Rio. Eu coloquei uma taxa de importação elevada. A indústria brasileira tem que ser defendida. Sou liberal mas não sou bobo. Os Estados Unidos são liberais, mas colocam proteção em tudo.

Sobre o papel do estado na economia, ele diz que ocasionalmente o estado pode até exercer o papel de empresário, visando ao lucro, mas que a prioridade deve ser a de voltar a atenção para a área social, educação, saúde, saneamento, segurança. Ou seja, a atividade econômica exercida pelo estado tem que ser exceção. O petróleo, explica ainda, tem que ficar com a Petrobras, por ser um oligopólio mundial, dominado por quatro empresas. E o país não pode ficar nas mãos dessas empresas.

A idade e a vivência fizeram que mudasse de posição em várias coisas, tornando-se mais flexível:

> Eu era contra a vinculação dos impostos. Eu e José Serra lutamos contra a vinculação no caso do DNER. Hoje sou contra a

vinculação, mas há exceções. A prática me fez mudar. Como já disse, se os ventos mudam de direção, por que as pessoas que raciocinam não podem mudar seu posicionamento?

Ainda sobre que política econômica ideal a ser adotada por um governante e o papel do estado, vale a pena transcrever o que Dornelles disse no documentário da TV Senado, exibido em novembro de 2016:

> No primeiro governo de Lula, a administração foi extremamente positiva. É necessário fazer uma política de austeridade sem abrir mão do investimento social. Acho que a política financeira de um país tem que se basear em dois tripés: pessoas de maior renda e de maior patrimônio devem dar maior fonte de recursos para o estado, a fim de que seja aplicada na ajuda às pessoas de menor renda. Eu defendo um estado forte, e para ter um estado forte tem que haver um estado pequeno, ou seja, um estado que de forma geral não seja um estado empresário. Acho que privatização e descentralização administrativa são palavras chaves da organização do estado brasileiro. O que pode ser feito pelos estados não deve ser feito pela União. O que pode ser feito pelos municípios não deve ser feito nem pela União e nem pelos estados. E o que pode ser feito pelo setor privado não deve ser feito nem pela União, nem pelos estados e nem pelos municípios.

No documentário da TV Senado, ele também afirmou o seguinte:

> Devo dizer que eu sou uma pessoa que não me lembro de desgostos. Dificuldades todo mundo teve. Acho que sempre tive coragem de enfrentar as dificuldades que todos têm, nunca me abati diante delas. Eu diria o seguinte: eu me considero a pessoa mais corajosa do mundo. Eu tenho medo de tudo e

enfrento o medo. O desgosto não marca minha vida. Se os tive, e devo ter tido muitos, eu não me lembro mais. A vida não dura só um dia. A vida é uma sequência de fatos. É necessário a pessoa saber para onde vai e trabalhar muito, com lealdade, com correção.

# CONDECORAÇÕES

O trabalho realizado por Francisco Dornelles na área fiscal, nacional e internacional foi reconhecido por vários países, estados e municípios e até mesmo por órgãos do próprio Governo Federal. Esse reconhecimento se materializou em uma série de condecorações e medalhas:

1 – Ordem do Mérito da Alemanha – Grã-Cruz com Estrela
2 – Ordem do Mérito Chileno – Grã-Cruz
3 – Mérito Montezuma – Supremo Conselho do Brasil
4 – Medalha da República Oriental do Uruguai – Grande Oficial
5 – Legião de Honra da República Francesa – Grande Oficial
6 – Ordem do Mérito Português – Grã-Cruz
7 – Ordem do Mérito Rio Branco – Grã-Cruz
8 – Ordem do Mérito Militar – Grande Oficial
9 – Ordem do Mérito das Forças Armadas – Comendador
10 – Ordem do Mérito Naval – Grande Oficial
11 – Ordem do Mérito Aeronáutico – Grande Oficial

12 – Ordem do Mérito de Brasília – Grã-Cruz
13 – Ordem do Mérito Comercial – Grã-Cruz
14 – Mérito Judiciário – Tribunal de Justiça do Rio de Janeiro
15 – Ordem do Mérito Científico – Grã-Cruz
16 – Mérito Industrial – Firjan
17 – Ordem do Mérito Judiciário do Trabalho – Grã-Cruz
18 – Mérito Mauá – Grã-Cruz Mauá
19 – Medalha Domingos de Brito Peixoto – Governo do Estado de Santa Catarina – Magnum Premium
20 – Medalha Pedro Ernesto – Câmara Municipal do Rio de Janeiro
21 – Grande Medalha da Inconfidência. Governo do Estado de Minas Gerais.
22 – Ordem do Ipiranga. Grande Oficial. Governo do Estado de São Paulo
23 – Ordem do Mérito. Grande Oficial – Governo do Estado do Rio Grande do Norte
24 – Medalha do Pacificador – Ministério do Exército
25 – Mérito Tamandaré – Ministério da Marinha
26 – Medalha Santos Dumont – Ministério da Aeronáutica
27 – Ordem do Mérito Legislativo – Medalha Grande Mérito. Estado de Minas Gerais
28 – Colar do Mérito Ministro Victor Nunes Leal – Tribunal de Contas do Município do Rio de Janeiro
29 – Medalha da Academia Internacional de Direito e Economia
30 – Medalha do Mérito Segurador – Sindicato das Seguradoras do Rio de Janeiro e do Espírito Santo

31 – Medalha Ulysses Guimarães em comemoração pelos 25 anos da Constituição Federal de 1988 – Senado Federal – Brasília
32 – Medalha da Ordem do Mérito do Bombeiro Militar no Grau Grande Oficial

# TRABALHOS E
# ARTIGOS PUBLICADOS

*A relação jurídica tributária: fato gerador, sujeito ativo, sujeito passivo.* Rio de Janeiro: Fundação Getúlio Vargas, Escola Interamericana de Administração Pública, 1970.

*El gravamen de los rendimentos del capital estranjeiro em los países da ALALC.* Rio de Janeiro: Fundação Getúlio Vargas, Escola Interamericana de Administração Pública, 1971.

"The Brazilian Tax System and economic relationship between Brazil and Portugal; the Convention to avoid double taxation signed in 1971". *Bulletin for International Fiscal Documentation*, Amsterdam, v. 26, nº 2, Feb. 1972, p. 46-53.

*Acordos para evitar a dupla tributação da renda entre os países da ALALC.* Rio de Janeiro: Fundação Getúlio Vargas, Escola Interamericana de Administração Pública, 1973.

"Acordos para eliminar a dupla tributação da renda; a posição do Brasil". *Boletim da Associação Brasileira de Direito*, Rio de Janeiro, nº 19, 1974, p. 1-7.

"Acordos para eliminar a dupla tributação da renda". *Conjuntura econômica*, Rio de Janeiro, v. 28, nº 10, out. 1974,. p. 92-93.

"The determination of the taxable profit of corporations in Brazil". *Congresso Internacional de Direito Financeiro e Fiscal.* 21.Viena, 2-8 out. 1977.

"La détermination du bénéfice impossable des sociétés de capitaux". *Cahiers de Droit Fiscal International.* n⁰ 62. 2ème sujet, 1977, p. 157-68.

"A lei do comércio dos Estados Unidos e o Brasil". *Revista de Direito Tributário.* São Paulo, v. 1 n⁰ 2 out/dez. 1977, p. 54-61.

"Acordos para eliminar a dupla tributação da renda". *Revista de Direito Tributário.* São Paulo v. 3, n⁰ 3. Jan/mar. 1978, p. 251-257.

*"The tax treaties needs of developing countries with especial reference to the UN Draft Model".* Congresso da Associação Fiscal Internacional 33 Copenhagen, set. 1979. Deventer, Netherlands, IFA, 1979, p. 27-30.

*O modelo da Organização das Nações Unidas para eliminar a dupla tributação da renda e os países em desenvolvimento.* Rio de Janeiro: UFRJ-F.D, 1982, 222 p.

"Constituinte, consenso e pacto político". *O Globo*, Rio de Janeiro, 3 jul. 1986.

"A constituinte e a economia". *Jornal do Brasil*, Rio de Janeiro, 12 maio 1987.

"A constituinte e os impostos". *Folha de S.Paulo*, São Paulo, 31 jul. 1987.

"Constituição e democracia". *Jornal do Brasil*, Rio de Janeiro, 5 dez. 1987.

"Estado, economia e sociedade". *Jornal do Brasil*, Rio de Janeiro, 6 mar. 1989.

"The relevance of double taxation treaties for developing countries". *Bulletin for International Fiscal Association*, v. 43. ago/set. 1989, p. 383.

"Finanças públicas e o sistema financeiro nacional". *Folha de S.Paulo,* SP, 11 out. 1990.

"Imposto sobre grandes fortunas". *O Globo*, Rio de Janeiro, 21 abr. 1991.

"Grupos econômicos". *O Globo*, Rio de Janeiro, 18 ago. 1991.

"Processo de privatização". *O Globo*, Rio de Janeiro, 4 abr. 1993.

"Sigilo fiscal". *O Globo*, Rio de Janeiro, 14 ago. 1993.

"Revisão constitucional tributária". *O Estado de S.Paulo*, São Paulo, 23 ago. 1993.

"O congresso e o orçamento". *O Globo*, Rio de Janeiro, 12 nov. 1993.

"A reforma tributária". *O Globo*. Rio de Janeiro, 17 dez. 1994.

"La reforme fiscale". *Lettre du Brésil*, Rio de Janeiro, Câmara de Comércio França, Rio de Janeiro, Brasil, 15 jun. 1995.

"Acordo perigoso com os Estados Unidos". *Folha de S.Paulo.* São Paulo, 26 fev. 1996.

"A reforma administrativa". *O Globo*, Rio de Janeiro, 27 fev. 1996.

"Reforma tributária". *O Globo*, Rio de Janeiro, 6 fev. 2003.

"Defesa comercial". *Folha de S.Paulo,* 25 mar. 2007.

"Micro e pequenas empresas". *Jornal do Brasil*, 3 abr. 2007.

"Acordo Fiscal Brasil-EUA". *Folha de S.Paulo,* 28 out. 2007.

"A lei da Anistia". *Jornal do Brasil,* 10 ago. 2008.
"Petróleo e orçamento". *O Estado de S. Paulo,* 23 ago. 2008.
"O Pré-Sal". *Jornal do Commercio,* 11 set. 2008.
"Retrocesso no Pré-Sal". *O Globo,* 6 ago. 2009.
"O Estado social". *Jornal do Brasil,* 12 fev. 2010.
"Direto e secreto". *O Globo,* 9 maio 2011.
"A federação e os royalties". *Jornal do Commercio,* 28 out. 2011.
"Dumping cambial". *Jornal do Commercio,* 15 fev. 2012.
"Uma decisão desastrosa". *O Globo,* 4 jul. 2012.
"Congresso paralelo". *O Globo,* 18 jun. 2014.

# OBSERVAÇÕES FINAIS

Este livro foi feito com base em entrevistas presenciais concedidas por Francisco Dornelles, ex-governador do Rio de Janeiro e presidente de Honra do Partido Progressista, à jornalista Cecília Costa, entre 22 de setembro de 2020 e 23 de agosto de 2021. Como o depoimento oral foi feito durante a pandemia, tomaram-se todas as precauções devidas. Os encontros se deram na própria casa do entrevistado, no Jardim Botânico.

Foram aproveitados alguns poucos trechos do documentário "Histórias contadas – Francisco Dornelles", produzido e exibido pela TV Senado em 9 de novembro de 2016, e da entrevista concedida pelo então senador da República ao jornalista Tarcísio Holanda em 8 de dezembro de 2010, assim como trechos da resenha publicada por Celso Lafer, em 2010, sobre o livro *Diário de bordo – A viagem presidencial de Tancredo,* de Rubens Ricupero (*Revista Política Externa* – Imprensa Oficial do Estado de São Paulo).

Também foram empregadas como fonte páginas do *Jornal do Brasil,* do *Jornal do Commercio* e do *Diário de Notícias,* que podem ser encontradas na Hemeroteca Digital da Fundação Biblioteca Nacional, além de uma página da revista *Veja* sobre o pacote de medidas proposto pelo governador Pezão, de autoria de Dornelles e do economista José Roberto Afonso, datada de 4 de novembro de 2016, que pode ser encontrada no seguinte endereço: https://veja.abril.com.br/economia/governo-do-rio-anuncia-pacote-para-enfrentar-crise-financeira/.

Foram pesquisados, ainda, dados sobre Dornelles e sua família no *Dicionário Histórico-Biográfico Brasileiro pós-1930* do Centro de Pesquisa e Documentação de História Contemporânea do Brasil (CPDOC) da Fundação Getúlio Vargas (FGV).

# REFERÊNCIAS

BOJUNGA, Claudio. *JK, O artista do impossível.* Rio de Janeiro: Editora Objetiva, 2001.

CARDOSO, Fernando Henrique. *Diários da presidência.* Fernando Henrique Cardoso. 4 volumes 1995/6; 1997/8; 1999/2000; 2001/2). São Paulo: Editora Companhia das Letras, 2015 a 2019.

CONY, Carlos Heitor. *Quem matou Vargas.* Editora Planeta, 1994.

DELGADO, Lucília de Almeida Neves (org) *Tancredo Neves, sua palavra na História.* Fundação Presidente Tancredo Neves. Rio de Janeiro: Editora Atheneu, 1988.

FRAGA, Plínio. *Tancredo Neves, o príncipe civil.* Rio de Janeiro: Editora Objetiva, 2017.

GALVÊAS, Ernane. *As crises da minha vida: uma corrida de obstáculos.* Rio de Janeiro: Fundação Getúlio Vargas, 2017.

GASPARI, Elio. *A ditadura acabada.* Quinto volume da Coleção Ditadura. Rio de Janeiro: Editora Intrínseca, 2016.

RIBEIRO, José Augusto. *Tancredo Neves, a noite do destino.* Rio de Janeiro: Editora Civilização Brasileira, 2015.